AF216366

Kommentare zu „meine schönen Kleider"

„Ginge es mit rechten Dingen zu, wäre dieses kleine Buch schon ein Klassiker im bunten Schaufenster der Autobiographien. Mit Freude gab ich es Grüblern zu lesen, die sich in der Tiefe verstiegen, beim Verfassen ihrer Lebensberichte, und die neidlos bekannten: „Das brächte ich nicht zustande."
Michael Rohrwasser (Literaturkritiker, Germanist, Prof i.R. Wien)

„Anna hat sich Kleid für Kleid ihr eigenes Leben genäht: kreativ, entdeckungsfreudig, unkonventionell. Für mich, die ich eine Generation jünger bin und in schon wieder ziemlich angepassten Zeiten lebe, sind ihre in diesem Buch versammelten Erinnerungen eine echte Inspiration."
Eva Buchhorn, Journalistin Manager Magazin

„Eine radikale Geste, Kleider als Stoff der Erinnerung auszufalten und wieder zusammen zu falten. Die verschwiegene Geschichte des Körpers im Schlepptau der Karriere der Klamotten, das hat meines Wissens noch niemand riskiert."
Helmut Lethen (Germanist und Kulturwissenschaftler, Prof. i. R. Wien)

„Ein Lebenslauf in Kleidern, geschrieben von einer Frau, die sich mit Schnittmustern auskennt, sich aber mit Vorlagen nicht unbedingt zufrieden gibt. Annas persönliche Textilgeschichte macht uns auch hellhörig für das eigene Leben, als Stoff uns als Entwurf."

Christoph Bartmann, Autor und Kritiker

„Der biographische Streifzug durch das Farben-und Texturenspektrum selbstgeschneiderter Mode der zweiten Hälfte des 20. Jahrhunderts führt durch eine Gefühlswelt faszinierender Stoffe. Der weiche Trevirarock, das schulterfreie Georgettekleid, die bestickte Latzhose oder das Strickkleid aus Viscosestretch setzen sedimentierte Erinnerungen und vergessene Assoziationen frei."

Monika Wagner
(Kunsthistorikerin, Prof. i.R.
Hamburg)

Anna-Katharina Hölscher

Meine schönen Kleider

Erinnerungen

Edition Annassalong
Copyright ©2020
Herstellung und Verlag:
BoD – Books on Demand, Norderstedt
ISBN: 9783750481015

Intro / Prolog

11. 6. 43

Meine liebe Tölle!
Nun bin ich also wieder zurück in der
Stellung. Es hat noch einen Tag länger
gedauert. Wir waren vorgestern
Abend schon verladen und nach
einigen Stunden Wartens hieß es dann
doch: aussteigen – Nebel – Irgend so
was kommt ja immer dazwischen. Na,
gestern Abend klappte es dann aber
mit der Überfahrt. Hatten eine sehr
ruhige Fahrt, halb neun waren wir in
der Stellung. Hier fand ich fünf liebe
Briefe von dir vor, einen mit
Zigaretten, einen mit anderem Inhalt.
Herzlichen Dank, Mädel. Ist ja gerade,
als wenn du es geahnt hättest, wie
notwendig ich das brauchte. Hast du
fein gemacht. Ist doch schade, dass du
dir die dumme Grippe da holen
musstest. Ich mache mir auch jetzt
keine unnötigen Sorgen mehr, Mädel.
Weiß wohl, dass es bei dir
Überbeanspruchung ist, deshalb

allerdings auch meine Sorge anfangs, als du nach Borsdorf fuhrst, wo es Mutter so schlecht ging. Na hoffentlich hast du dich inzwischen von der Krankheit erholt und kannst noch zusätzlich etwas Kräfte auf Vorrat speichern, vor allem Ruhe sammeln. Wegen der Finanzen mach dir man nicht zu viele Sorgen. Es ist eben diesen Winter durch die „Schweinerei" gekommen. Hauptsache, dass du nicht tiefer reinrutschst und allmählich heraus kannst. Du schreibst, es wäre dir erwünscht, wenn ich im Juni auskäme. Kann dir das leider nicht mitteilen. Das wirst du dir ja auch selber gesagt haben, dass ich für diese Pariser Fahrt was gebraucht habe. Na, nun will ich aber erst mal berichten. Also:
Es kam natürlich alles sehr plötzlich. Aus der Schreibstube wurde angefragt, wer noch nicht in Paris war. Habe jetzt einen Wachtmeister als Spieß, Fuchs aus Hannover, der den Spieß in seinem Urlaub vertritt. Fuchs habe ich damals schon in Französisch

unterrichtet und jetzt ist er auch im Englischen mein Schüler. Außerdem duze ich mich mit ihm. Und dann ging es los. Vormittags schnell zum Arzt zur Untersuchung. Dann nachmittags während der Geländeausbildung um halb fünf hieß es, sofort zur Schreibstube. Musste noch mit dem Fahrrad zur Abteilung, um meinen Marschbefehl zu holen. In Hast zu Abend gegessen, schnell die paar Klamotten gepackt und dann konnte ich zum Glück mit dem Chef im Auto zur Schiffsstelle fahren. Überfahrt wie gewöhnlich. Am Samstagabend kam ich schon in Paris an. Anmeldung. Ich sollte erst wieder nach auswärts in ein Hotel, konnte dann aber für die erste Nacht in einem Übernachtungsheim bleiben. Sonntag morgen bekam ich dann ein Hotelzimmer. Hotel Calais, mitten in der Stadt. Am Sonntag hab ich mir dann allein Paris mal angesehen. Es ist wirklich eine einzigartige Stadt. Wundervolle Bäume und Straßen. Und all die Bauten sind so hingestellt, dass sie von allen Seiten und weithin gesehen werden können. Der Triumphbogen mit dem Grabmal des unbekannten Soldaten ist wirklich ein „Triumph" bogen. Und eine herrlich breite Straße führt darauf zu. Die Straße, auf der unsere Truppen auch in Paris einrückten. Na, ich schick dir nächstes Mal die Photos zu und muss dir das im nächsten Urlaub mal näher zeigen. Schade, dass du nicht dabei sein konntest! Am Nachmittag sind wir dann zu dritt über die Boulevards, die Hauptstraßen, früher die Wälle der alten Stadt, geschlendert. Da bummelte alles her, sehr viel Militär, aber noch mehr Zivilisten. Die Pariserin im Sonntagsstaat natürlich. Ja, die Pariserin! Es ist wirklich auch ein besonderes Frauenzimmer, nicht gerade mein Ideal, aber eben doch was Besonderes, anders als die übrigen Französinnen, eleganter, geschmackvoller, mit viel Chic und Eleganz. Hüte hab ich gesehen! Wagenräder! Wenn man den Hut sieht, kriegt man einen Lachkrampf, aber die Pariserin kann die Dinger tragen. Sie stehen ihr. Auch mit dem Schminken. Die Pariserin versteht es wirklich. Sie malt ihre Lippen, aber geschickt, nicht so blödsinnig und auffällig wie leider meist die deutschen Mädel. Und wenn man mal übel geschminkte Mädel sah, waren es Provinzlerinnen oder - deutsche Mädel, die Paris nachmachen wollten. So was steht der Pariserin, es passt zu ihrem Charakter und ihrer Erscheinung, aber eben nicht für ein deutsches Mädel. Und dann das Leben auf den Straßen! Alles ist draußen. Viele sitzen in und vor den Cafés. Die Cafés sind zur Straße hin vollkommen offen und fünf bis zehn Reihen Stühle stehen noch auf dem Bürgersteig, alle mit dem Blick zur Straße, und davor wandelt dann alles hin. Schaustellung! Sah sogar einen Frisiersalon. Die ganze Front Fenster, direkt am Fenster saßen die Damen und Dämchen mit ihren Apparaten um den Kopf, jedem sichtbar, vor allem aber – sie kann selbst alles auf der Straße beobachten.

Und so ist das auf den riesenlangen Boulevards, die sich genau wie die Promenaden in Münster rund um die Altstadt ziehen und auf der endlos langen Prachtstraße, den Champs Elysées, die zum Triumphbogen führen. Zur Schau stellen, das ist pariserisch. Gebäude, Menschen, Kleidung und in den großen Kabaretts eben auch der unbekleidete menschliche Körper, alles wird zur Schau gestellt. Es ist eben im Gegensatz zum Deutschen doch eine ziemlich aufs Äußerliche eingestellte Kultur. Auch die Unterhaltung ist eine solche Schaustellung des Geistes, man zeigt Esprit, Witz, Wendigkeit, lässt seine Sprachtalente aufblitzen, es kommt gar nicht so sehr auf den Inhalt an, auch nicht, dass einer unbedingt zuhört, man muss sich aber zeigen können. Für den Deutschen, besonders für den doch innerlich veranlagten und in jeder Beziehung zurückhaltenden und keuschen Niedersachsen, der seine Gefühle ungern, wenn überhaupt, preisgibt, ist

das mal ganz interessant zu beobachten, aber eben fremd. ...
Und abends waren wir dann in dem Kabarett, den Folies Bergères, einem der berühmtesten Kabaretts. Auch das ein Erlebnis. Es war wirklich großartig. Die Mädels natürlich nur sehr sparsam bekleidet. Na, ich will dir doch mal das Programm zuschicken. Oben hatten sie im Allgemeinen nichts, unten oft nur so ein kleines Dreieck wie ein Feigenblatt. In Cherbourg waren auch wohl mal so genannte Pariser Revuen, habe nur eine gesehen, war ziemlich plump und infolgedessen widerlich. Diese Revue wirkte trotz der Nacktheiten keineswegs schwül oder grobsinnlich. Es waren natürlich ausgesucht schöne Körper, ist ja klar. Und das Wesentliche waren aber doch die Bühnengestaltung, die phantastischen Beleuchtungswirkungen, die Kostüme, die Farben. Na, so was muss man gesehen haben. Man kann es nicht schildern. In Deutschland ist so

etwas natürlich kaum denkbar, es würde da sofort in eine Schweinerei, in eine Orgie ausarten. Diese unbekümmerte Zurschaustellung ist eben für den Deutschen unnatürlich. Für einen Neger ist ja völlige Nacktheit auch das natürliche Gewand und auch für uns nicht anstößig. Es dauerte von abends acht bis halb elf mit nur einen kurzen Pause, sonst folgte Nummer auf Nummer ohne jede Unterbrechung. (...)
Also, grüß Oma, Tante Marianne, - wünsch beiden gute Besserung – und Mathilde. Den Kindern einen herzlichen Kuss. Und du selbst sei recht lieb in den Arm genommen und geküsst von deinem Jo.

Noch kein Kleid

Zu der Zeit, als dieser Brief
geschrieben wurde, bin ich, die
Jüngste, der „Nachkömmling", noch
nicht auf der Welt, ich liege als „Quark
im Schaufenster" wie man von
Ungeborenen zu sagen pflegte, habe
keine Ahnung von meinen späteren
Eltern, die sich mit „Mädel" und
„lieber Papa" anreden, von Krieg und
einer Stadt namens Paris, in die
„unsere Truppen einrückten" und die
so „besondere Frauenzimmer"
beherbergt.
1947, vier schicksalhafte Jahre später,
im Wonnemonat Mai, am
Pfingstmontag, werde ich geboren.
Meine Mutter ist 39, mein Vater 42
Jahre alt. Mein Vater ist nach
Kriegsende zurück gekommen, nicht
heil und unversehrt. Er hat auf einem
Sanitätswagen gelegen, ein Bein von
einer Plane verdeckt. Das andere Bein
ist getroffen worden. Er muss die
Wunde selbst abbinden, um nicht zu

verbluten, weil die deutschen Ärzte die Front verlassen haben. In der französischen Gefangenschaft wird ihm das Bein bis auf einen kurzen Stumpf amputiert und man gibt ihm Morphium gegen die Schmerzen. Da er französisch versteht, hört er, wie ein Arzt vor ihm steht und zu einer Schwester sagt; er werde wohl nicht durchkommen. Durch ihn sei ein Ruck gegangen, der seine vitalen Kräfte mobilisiert habe: Ich muss nach Hause, ich habe eine Frau und vier Kinder! Meine Mutter erzählt uns, dass sie in dem Augenblick, als er verwundet wird, eine kurze Ohnmacht erleidet ,zu Hause, in Deutschland. Mein Vater überlebt und kommt, unterernährt und mit nur einem Bein, aus dem Krieg nach Hause zurück. Eine Prothese ersetzt ihm das Bein und er geht fortan mit einem Stock. Das fehlende Bein verursacht ihm bei Wetterumstellung Phantomschmerzen. Dann spürt er jeden einzelnen Zeh und verzieht vor Schmerzen das Gesicht.

Wenn ich auf seinem Schoß sitze,
machen wir Scherze, ist es das
Holzbein oder das gesunde Bein? Das
ist das Holzbein, ach ja, und ich
rutsche auf das gesunde weiche Bein.

Äpfel pflücken
Ich soll mit meinen Freundinnen Äpfel
sammeln gehen, in dem Schulgarten,
den wir zur Hälfte zur Verfügung
haben. Eigentlich wollen wir spielen
gehen, doch meine Mutter gibt uns
diesen kleinen Auftrag. Als wir in
dem Garten sind, leuchten mir die
Äpfel am Baum so viel schöner herab
als die Hässlichen auf dem Boden,
schon etwas angeschlagen, so dass ich
von plötzlicher Begeisterung erfasst
werde und anfange, die schönen Äpfel
abzupflücken und sie in das Netz zu
sammeln. Meine Freundinnen helfen
begeistert mit. Aus Freude über die
Tätigkeit hab ich die Hoffnung, das

Gesicht meiner Mutter aufzuhellen. Freude, die sich von einem kleinen Mädchen auf ihre Mutter überträgt, an der Tochter, die so vergnügt ist, auch wenn der Auftrag nicht korrekt ausgeführt wurde. Ich wünsche nichts sehnlicher, als dass sich meine Stimmung auf meine Mutter überträgt und ich meine Mutter glücklich mache. Vielleicht wird sie mich anlachen und sagen: „ Das hast du wirklich gut gemacht, eine gute Idee. Kommt, ich schneide euch ein paar Äpfel auf, die essen wir dann zusammen." Vielleicht schaffe ich es, sie aus ihrer etwas traurigen, immer gehetzten Stimmung zu befreien. Welch eine Erleichterung wäre das auch für mich. Bedrückte Stimmung drückt auch mich nieder, läßt mich verstummen und in die Welt der Bücher fliehen, in herrliche, glückliche, abenteuerliche Welten. Als wir mit unseren gesammelten Schätzen ankommen, sagt sie etwas müde: „Aber ihr solltet doch die Falläpfel sammeln, nicht die vom

Baum pflücken…" Ich falle aus den
Höhen meiner Begeisterung, falle
weiter, immer weiter, wie Alice im
Wunderland, nur nicht so neugierig
und aufgeregt, falle viele Jahre lang,
die müde unglückliche Antwort oder
der Ausdruck dieser Stimmung
verlässt mich lange nicht , die
Begeisterung allerdings auch nicht.
Begeisterung mit anschließendem
Verstummen, müder Bedrücktheit.

Die rote Strickjacke

Anfang der Fünfziger ist Weihnachten
eine Zeit gemütlicher Häuslichkeit.
Stollen und Spekulatius backen,
hausgemachte Sülze aus Kalbfleisch
zubereiten, alle helfen mit.
Weihnachtslieder singen ist schön, ich
als Jüngste muss ein Gedicht
aufsagen.
Im Radio hören wir klassische Musik,
besonders sonntags. Vor dem
Mittagessen oder auch beim Essen.
Symphoniekonzerte. Die Musik hat
etwas Feierliches, Besonderes, ist die
Krönung des Sonntagsessens.
Das erste Buch, das ich nach einem
halben Jahr Schule lese, ist ein
Märchen. „Prinzessin Huschewind",
von Fritz Peter Buch. Die Prinzessin
tollt den ganzen Tag umher, durch die
Natur, singt und tanzt und freut sich
des Lebens. Da das Prinzesschen aber
auch etwas lernen soll, bestellt der
König einen strengen Hofmarschall,

der Huschewind aus Wut verwünscht und sie verdammt, so lange auf ihrem Stuhl sitzen zu bleiben, bis der Wald zu ihr herein kommt. Da sitzt sie nun, die Arme, aber ihre Freundin, das arme Köhlerkäthchen, besteht einige Abenteuer, bis endlich (zu Weihnachten) das „Tannenfräulein" in Gestalt des Weihnachtsbaums in die Stube kommt. So eine schöne Geschichte!!! Auch ich muss schreckliche Tage auf einem Stühlchen sitzen, weil ich heißen Tee auf meine Oberschenkel geschüttet habe und ausgerechnet an sonnigen Pfingsttagen nicht laufen kann. Einen strengen Hofmarschall gibt es nicht, aber die Atmosphäre zu Hause ist so, dass ich gar nicht auf die Idee komme laut zu sein oder herum zu tollen. Mein Vater sitzt im Wohnzimmer am Schreibtisch, liest Krimis oder korrigiert Schülerarbeiten,

Das erste Kleidungsstück, verbunden mit einem besonderen Ereignis in meinem Leben, ist eine bunte

Strickjacke, die ich zur Einschulung bekomme, 1953, im März wahrscheinlich. Ich bin fünf Jahre alt, werde im Mai sechs, und soll ab Ostern zur Schule gehen. Ich fühle mich wie eine Prinzessin. Meine Mutter geht mit mir einkaufen, etwas Schönes zum Anziehen, eine knallrote Strickjacke, das ist wie Geburtstag und Weihnachten zusammen.

Meine Mutter hab ich für mich allein bei Spaziergängen im botanischen Garten, als ich noch drei, vier Jahre alt bin, wir freuen uns gemeinsam über Blumen, Stiefmütterchen im Mai, meinem Geburtsmonat, über die ersten Frühlingsblumen, zwischendurch auf den Beeten noch ganz viel schwarze, frische Gartenerde. Gänseblümchen und Löwenzahn auf dem Trümmergrundstück hinter dem Haus, indem wir eine herunter gekommene Mietwohnung haben. In dem kleinen Zimmer, in dem meine Schwester und ich schlafen, ist die Tapete teilweise abgerissen und hängt herunter. Der jüngste meiner Brüder schläft im Badezimmer, einem Zimmer mit einer Badewanne mittendrin.

Ich sehe mich an der Hand meiner Mutter oder auch, da ich ja nicht mehr so ganz klein bin und schon bald zur Schule gehen soll, hinter ihr her laufen. Sie hat es eilig.
Ich bin aufgeregt und freue mich. Ich freue mich auf die Schule. Es wird mir langweilig, jeden Tag mit den Nachbarskindern zu spielen. Sie sind jünger als ich. Es ist kein Mädchen in meinem Alter dabei. Ein älteres Mädchen aus dem Haus lässt mich zuschauen, wenn sie zeichnet. Ich zeichne nicht gern. Also schenkt sie mir ihre Zeichnungen. Sie schreibt dazu Texte und bindet die Seiten zu einem wunderschönen Heft. Sie macht es auch für mich. Ich schenke so ein Heft meinen Eltern zu Weihnachten, fühle mich aber nicht sehr wohl dabei. Ich schäme mich, dass die Zeichnungen nicht von mir sind. Hab ich selbst denn nichts zu bieten?

Meine Zeichnungen sind sehr
ungelenk – außerdem haben wir schon
einen Zeichner im Haus, meinen
Bruder Gerd. Aber es macht Spaß, mit
ihr zusammen zu sitzen und
Weihnachtsgeschenke herzustellen.
 Einmal erzählt das Nachbarmädchen
mir auf einem langen Spaziergang
deutsche und griechische Sagen. Ich
bin verzaubert. Sie erzählt spannend.
Wir gehen durch etwas verwilderte
Gegend, durch einen Wald. Ich höre
zu und versinke in den dramatischen
Geschichten aus alten Zeiten.
Nun ist mit der Schule meine Zeit zur
Veränderung gekommen. Ich bin
neugierig auf das Lernen in der
Schule, begierig und voller Vorfreude.
Was wird mir Spannendes und
Aufregendes passieren oder welche
Geschichten werde ich hören?
Meine Mutter geht schnell. Ich
versuche ihr zu folgen, vorbei an
etwas heruntergekommenen
Altbauten und noch einigen Ruinen,
die vom Krieg übrig geblieben sind.
Anfang der Fünfziger ist noch fast

jedes zweite Haus eine Ruine oder irgendwie beschädigt, jedenfalls in meiner Erinnerung. Die meisten Häuser sehen grau und schäbig aus. Doch der Aufbruch liegt in der Luft. Man kann alles kaufen, sonntags gibt es Schweine-oder Sauerbraten.

Sie geht schweigend, mit ernstem Gesicht. Manchmal knickt sie um, geht aber weiter, ohne sich verletzt zu haben. Ihr Gesicht zeigt Verwirrung, Unsicherheit, Ärger. Dieses Schweigen ängstigt mich ein wenig, ich versuche so brav wie möglich zu sein, mich zu beeilen. Ich fühle mich überflüssig und ein wenig störend. Wir finden eine Strickjacke. Sie ist rot kariert. Ich probiere sie an. Die Wolle kratzt ein bisschen, aber das Rot leuchtet und lässt auch mich strahlen. Endlich lächelt meine Mutter mich an.

Das weiße Kleid

Als ich etwa zehn Jahre alt bin,
bekomme ich ein weißes, luftiges
Sommerkleid. Es ist mit Schrift
bedruckt und erinnert mich an
Zeitungen, Zeitschriften und die
große weite Welt. Wir haben
Verwandte in Übersee, Amerika,
Argentinien, Schweden. Das Kleid
wirkt brav und gleichzeitig hübsch,
luftig, hat einen schwingenden Rock.
Oben mit einem kleinen Kragen eng
geschlossen, kurze, angeschnittene
Ärmel, weist es frisch, frech und keck
in die weite Welt. Ich bin stolz und
glücklich damit. Noch keine Frau, die
Brust flach und der Kragen
hochgeschlossen, aber knie kurz, lässt
es meine Beine frei und der Rock hat
Schwung und gibt meiner
Bewegungsfreude genügend Raum.
Die Freude kurz vor dem Ausbruch
der Weiblichkeit, noch ungehindert
von allem, was Angst machen könnte.
Gefühle wie der Wind . Du kannst in
die Welt hinaus laufen und wirst

trotzdem geliebt und fühlst dich zugehörig, welch eine Aussicht auf's Leben, das sich vor mir ausbreitet . In der Schule fange ich an, eine Schülerzeitung zu schreiben, bekomme auch ein paar Exemplare zustande, mit Artikeln und Rätseln. Nach der Schule, nach dem Mittagessen und den Hausaufgaben, setze ich mich hin und tüftele an meiner Zeitung herum. Nach dem Muster der Fortsetzungsromane in der Tageszeitung will ich auch einen Roman schreiben. Mit großem Elan fange ich an, gebe aber nach einigen Seiten auf. Mein Bruder Jan macht seinen Bundeswehr Dienst bei der Marine. Er trägt bei seinen Aufenthalten zu Hause eine todschicke weiße Uniform, schreibt Karten aus Spanien, Cadiz, z.B. Ich sammle die Briefmarken, hab schon eine große Sammlung an Briefmarken, die ich von den Briefen der Verwandten aus Südamerika, Nordamerika und Schweden mit Wasserdampf ablöse. Es gibt so Vieles,

was ich jetzt schon kann, durch die
Briefmarken kommt die weite Welt zu
mir, ich lese und lese und lese, jetzt
auch schon mal Karl May oder
Lederstrumpf und andere Abenteurer-
Klassiker der ganzen Welt. Auch
Asien, Indonesien sind die
Schauplätze meiner Lektüren. Ich
bekomme einen Brieffreund aus Japan.
Mit ihm korrespondiere ich einige
Jahre lang, in großen Abständen. Und
dann das Schreiben und die Versuche
einer Zeitung. Ich schwelge in dem
Gefühl, was ich später alles machen
kann, wenn ich groß bin. Erstmal will
ich Stewardess werden. Im Flugzeug.

Wenn das mein großer Bruder wüsste

Zu der Zeit des weißen Kleides
verbringe ich meine Sommerferien auf
dem Land bei Verwandten, und mit
meiner Cousine höre und singe ich
Schlager von Conny Froboess und
Peter Kraus. Ich liebe die helle
Stimme von Conny, etwas frech und
knabenhaft. „Wenn die Conny mit

dem Peter", und "Wenn das mein großer Bruder wüsste". Wir singen die Lieder draußen und drinnen, inszenieren Auftritte und spielen in der Phantasie schon erste Verliebtheiten durch.

Meine Brüder hören Jazz „Papa Bue's Viking Jazz Band" und Chris Barber „White Christmas", und „When the Saints go marching in".

Die Verunsicherung und die schmerzlichen Peinlichkeiten der Pubertät noch nicht kennend, ein Vogel, der lernt zu fliegen, und sich an seinen ersten Flugversuchen und Fortschritten berauscht, nichts hemmt seinen Flug. Oder doch? Als Kind bin ich oft krank, langweile mich im Bett und fühle mich einsam, schlapp und schwach, aber Gott sei dank geht es immer wieder bergauf. Meine Mutter pflegt mich, bringt mir zu essen und zu trinken, den Vater sehe ich nicht so oft. Er schaut mal herein und sagt: „ Na, du krankes Hühnchen!" Meine Mutter, oder mein Vater oder meine Geschwister kommen nicht auf die

Idee, sich mit mir zu beschäftigen, mir
vor zu lesen, wenn ich krank bin. Da
helfen nur die Bücher, die ich selbst
lese, sobald es mir besser geht.
Meistens Abenteuer-Bücher von Enid
Blyton: „Die See", „der Berg", „die
Insel der Abenteuer". Die „Fünf
Freunde..." Serie und „das Geheimnis
um... ". Eine Gruppe von Kindern
klärt Verbrechen auf, in teilweise
abenteuerlichen Landschaften. Am
Meer, in Ruinen, Höhlen, im Gebirge.
Die weite Welt kommt herein, die
Kinder sind befreundet, halten
zusammen, haben viel Spaß und
erleben aufregende Abenteuer, aus
denen sie, am Ende, natürlich
unversehrt herauskommen. In der
Bücherhalle sind diese Bücher
meistens ausgeliehen, manchmal habe
ich Glück. So ein Buch zu
Weihnachten zu bekommen, ist ein
Luxus, denn sie sind teuer.
Sorge für's leibliche Wohl ist
selbstverständlich. Andere Wünsche
bleiben verborgen. "Das Wasser war
viel zu tief" heißt es in dem Lied „Es

waren zwei Königskinder", das mir meine Mutter vorsang, als ich so vier, fünf Jahre alt war.

Bei den Ursulinen im Gymnasium habe ich gemischte Gefühle. Die Mathematik – Schwester Beatrix ist sehr dynamisch und temperamentvoll und ich fühle mich von so viel Energie etwas eingeschüchtert. Unsere Klassenlehrerin ist weltlich und verheiratet. Sie mag mich, wie sie meiner Mutter beim Elternsprechtag sagt, weil ich so schöne Phantasiegeschichten aus drei Wörtern schreiben kann. So eine Tochter wie mich hätte sie auch gern. Ich bin Zweitbeste in der Klasse, hab lauter Zweien. Mit der Erstbesten, die lauter Einser vorweisen kann, werde ich zur Einweihung des neuen katholischen Erzbischofs geschickt, Ich bin stolz .
In der 7. Klasse fange ich an, mich im Unterricht zu langweilen. Ich halte ausgedehnte Schwätzchen mit meiner Mitschülerin und reagiere trotzig,

wenn Frau T. mich ermahnt. Ich falle in Ungnade. Wir wollen ein Theaterstück aufführen, ein Märchen. Jetzt bin ich mit Begeisterung bei der Sache. Die Prinzessinnenrolle kann ich auswendig und ich habe im Gefühl, dass ich sie bekomme. Sie ist mir sozusagen auf den Leib geschrieben. Das findet meine Klassenlehrerin zwar auch, aber sie gibt mir die Rolle nicht, um mich zu strafen. Ich bin wütend und enttäuscht über meine Lehrerin. Ich bekomme keine Sprechrolle und muss einen Hasen spielen. Ich soll gedemütigt werden. Jetzt hab ich keine Lust mehr zur Schule. Ich lass mich hängen und schleppe mich bis zur achten Klasse. Dann bleibe ich sitzen, schon aus Trotz und zur Provokation meines Vaters, der mich dennoch für intelligent genug hält. Seine Reaktion finde ich gut, auch wenn sie nicht ganz den Tatsachen entspricht. Er murmelt so etwas wie: „Die Nonnen haben dich nicht richtig verstanden …" und schickt mich auf eine weltliche Schule.

Das weiße Kleid und die Begeisterung,
die damit einhergeht, verliert
allmählich seinen Zauber. Langsam
und scheinbar unbemerkt schleicht
sich eine Angst ein, die meine kurz
aufgeflammte unbändige
Bewegungslust hemmt. Angst ist
schon lange meine Begleiterin. Jetzt
verändert sie ihr Gesicht.
Frau T. knallt das Klassenbuch auf
und zu. Ihre Schwangerschaft ist nicht
mehr zu übersehen.
Neuerdings hat sie schlechte Laune,
hält uns Moralpredigten. Wir dürfen
keine langen Hosen tragen ohne einen
Rock darüber, manchmal vergesse ich
den Rock, weil ich es so grässlich
finde, den Rock über der Hose. Auf
der Toilette ziehe ich mich um. Man
sieht es dann nicht, wenn ich einen
langen Mantel darüber trage.
Beim Sport müssen wir Röcke tragen
über dicken blauen Pluderhosen.
Manchmal provozieren wir und
erscheinen in den schicken, engen und
sehr kurzen Stretchhosen. Dann

dürfen wir nicht mit turnen.

Ich verstehe nicht, was sie will. Sie hat gesehen, dass sich ein oder zwei Mädchen von der Schule haben abholen lassen, von Jungen. Das Jungengymnasium Carolinum und unsere Schule sind durch eine hohe Mauer getrennt. Man kann nicht darüber schauen.

Was ist schon dabei? Sie sagt nicht, warum es ihr nicht passt. Tobt nutzlos herum.

Sollte sie sich nicht freuen, jetzt, wo sie ein Kind bekommt? Oder ist das so schrecklich?

Ich bin wütend, dass sie auf so unverständliche Weise schimpft. Auch enttäuscht. Ein bisschen ähnelt sie einer bösen Fee.

Meine Achtung vor ihr sinkt.

Ich lerne jetzt Klavier spielen, habe eine sehr nette Lehrerin, geduldig und aufmunternd. Das Üben macht mir Spaß. Meine Eltern sagen, ich habe einen „schönen Anschlag". Das trägt mich darüber hinweg, wenn ich mein Geklimper manchmal selbst nicht mehr hören kann. Tante Eila, die Schwester meiner Mutter, die seit einigen Jahren bei uns wohnt, - sie ist aus der „Ostzone" gekommen - schimpft ein bisschen, wenn ich Fehler mache.Tante Eila sitzt nachmittags in ihrem Zimmer und erledigt eine umfangreiche Korrespondenz. Sie schreibt unaufhörlich Briefe an ihre Freundinnen in Borsdorf bei Leipzig und anderen Orten. Außerdem pflegt sie die Kontakte zur Verwandtschaft in Übersee, Argentinien, USA und Schweden.

Dann bekomme ich eine neue Lehrerin, die ungeduldig ist und mürrisch. Gleich sinkt meine Begeisterung und Ausdauer um einige Stufen, bis ich, nach zwei Jahren, aufgebe. Meine Eltern sind verständnisvoll und wollen mich nicht zwingen.Hätte ich weitergemacht, wenn sie mir Mut gemacht hätten?

Der enge kurze Rock

„Ich bin jetzt 13 Jahre alt, liebes Tagebuch. Ich habe meine „Tage" bekommen, stell dir vor. Juhu!!Und Seidenstrümpfe und meinen ersten engen Rock! Die Schneiderin, die näht mir: ein anthrazit farbenes Kostüm mit großem Kragen und weitem Rock , dann noch ein dunkelrotes Kostüm mit ausgestelltem Rock! Der enge Rock ist gestreift, mit lila, grauen und anthrazitfarbenen Streifen. die Seidenstrümpfe dazu, mit Strumpfhaltern befestigt. Ist das nicht toll, Tagebüchlein? Freust du dich? Die „ Periode" ist schon blöd, um nicht zu sagen peinlich, einfach – nur- peinlich! Wenn man das sieht!! Beim engen Rock, die dicken Binden!!"
Ich habe zwei gute Freundinnen und bin schon neidisch gewesen, dass mir eine zuvor gekommen ist. Zu meiner Erleichterung bin ich dann immerhin schneller als die Dritte. Plötzlich werden die Jungen interessant, und,

scheinbar von einem Tag zum anderen, erscheinen mir manche hübscher und anziehender als andere. Jetzt macht es mir plötzlich etwas aus, neben meiner attraktiven großen Schwester her zu gehen und keine, nicht die geringsten Blicke junger Männer auf mich zu ziehen. Ich falle, von den Größen - und Abenteuer Phantasien der Elfjährigen zum unbedeutenden Dasein einer Dreizehnjährigen. Ich fühle mich wie weder Fisch noch Fleisch, zwischen Baum und Borke. Ich hoffe auf die Zukunft. Werde ich hübsch genug werden? Meine Schwester ist blond. Tolle Filmschauspielerinnen sind auch meistens blond. Marilyn Monroe z.B., mit der ich kaum einen Film gesehen habe. Ich entdecke Audrey Hepburn und erkläre sie zu meiner Retterin. Sie ist dunkelhaarig wie ich, zart, feenhaft, träumerisch. Auch manchmal geistreich und frech, eigentlich sehr vielseitig. Und, vor allen Dingen, hat sie etwas Kindliches. So darf sie also sein, auch wenn sie dem Alter nach schon heiratsfähig ist. Der enge Rock gefällt mir eigentlich nicht so sehr, zumal er nur eingeschränkte Bewegungsfreiheit zulässt. Aber vielleicht ist es genau das, was ich im Hinterkopf habe: Frauen dürfen sich nur gemessen bewegen, dürfen nicht überschwänglich sein, von Leben und Gefühlen strotzen. Ich gerate in die Nähe meiner Mutter, ihrer Rolle als pflichtbewusste Ehefrau. Meine Mutter ist schon in den Wechseljahren und leidet unter den Mühen des Alltäglichen. Ihre Schwester Eila hilft kräftig bei der Hausarbeit, macht die „grobe" Arbeit, putzen und waschen. Meine Mutter kocht und kauft ein. Da mein Vater nicht in der Lage ist, ihr zu helfen, werden Getränke usw ins Haus gebracht. Trotz dieser Hilfen wirkt meine Mutter gehetzt. Sie fällt in dieser Zeit auch manchmal vom Fahrrad.

 Meine Mutter wird noch wortkarger zu mir, nachdem ihr Beitrag zur Aufklärung meinerseits ein paar grässliche katholische Broschüren sind, die ich als Zumutung empfinde und unter meiner Würde. Ich traue mich aber nicht, es anzusprechen. Ich toupiere mir die Haare , trage einen blassen Lippenstift auf und biege meine Wimpern mit einer Wimpernzange geduldig hoch, aber auf Familienphotos sehe ich nicht gerade glücklich aus, eher traurig und ein wenig trotzig. Das Leben ist mir noch vor ein, zwei Jahren abenteuerlich und voller Bewegung vorgekommen, jetzt ist es kurz und eng geworden. Ich komme mir lächerlich vor und irgendwie dumm.

„Trevira" heißt der Stoff. Er ist glatt und fühlt sich trotzdem weich an. Ein zarter Glanz liegt darüber. Ich befühle ihn. Es ist ein super moderner Stoff, künstlich hergestellte Chemiefaser, mit keiner Naturfaser vergleichbar. Modern, das heißt für mich neu, interessant, besonders, auffallend. Breite Streifen verlaufen von oben nach unten. Die Farben finde ich

schick, irgendwie elegant. Ich
probiere ihn an. Er ist knie kurz und
sitzt eng auf der Hüfte. Eine Falte am
unteren rückwärtigen Teil lässt ein
wenig Beinfreiheit zu. Damit fühle ich
mich gleich ein paar Jahre älter.
Endlich! Ich bin stolz, gehöre jetzt ein
wenig mehr zu den Erwachsenen.
Das Gehen ist gewöhnungsbedürftig.
Man muss kleinere Schritte machen.
Außerdem gehören unbedingt
Nylonstrümpfe dazu, und Pumps, mit
kleinen Pfennigabsätzen, oder
Ballerinas.
Ich gehe ein paar Schritte, hab ein
wenig Angst. Schon sehr neu, dieses
Gefühl. Mir fehlt die
Bewegungsfreiheit. Ich bin wütend.
Muss ich jetzt immer so bescheuert
mit kleinen Trippelschritten gehen,
nur um dazu zu gehören und den
Jungen zu gefallen?

Keine Musik? Keine Bücher?

Sicher hab ich immer noch viel
gelesen, Bücher, die im Jung-

Mädchen-Kalender „heute, morgen,
übermorgen" der Zeitschrift „Brigitte"
empfohlen wurden, Cili Wethekam
und Mary Stolz. Darin geht es schon
um erste Liebe, Enttäuschung,
erwachsen werden. Ein Buch ist: Liebe
hat Zeit, von Mary Stolz. Dort geht es
um Probleme des erwachsen Werdens,
erste Liebe, Teenager-Bösartigkeit. Das
Buch trifft schon den richtigen Ton. Es
spricht mich an. Meine Mutter schenkt
mir einen Sammelband „Blühendes
Leben", ein wirklich gut gemeintes
„Buch für Mädchen von heute", mit
einem Foto von einem hübschen
strahlenden blonden jungen Mädchen
mit einem Obstkorb im Arm. Obst und
Gemüse. Eigentlich sieht sie wie ein
perfektes „Deutsches Mädel" aus,
allerdings geschminkt, aber dezent.
Und schon eine werdende Hausfrau,
oder was soll der Obstkorb
symbolisieren? Die „Fülle der Natur"?
Dann könnte sie doch auch mitten in
einer Blumenwiese sitzen oder so.
Geschichten der Weltliteratur, wirklich
liebevoll gestaltet und gut gemeint mit

viel Verständnis für die Irrungen und Wirrungen der Jugend. Aber irgendwie mag ich das Buch nicht, es ist mir zu schwer. Vielleicht auch zu pädagogisch. Eine Welt, die da auf geblättert wird, die man aber lieber erst mal, peu a peu, selber entdecken möchte und daraus eine eigene Kultur entwickeln, unvollkommener, freier, frecher. Blödsinn machen, über die Stränge schlagen, albern sein.

Ich klappe das Buch zu und ab damit ins Regal.

Manchmal hole ich mir Bücher aus dem Bücherschrank meines Vaters. Aber insgesamt wird es auch hier enger, die Phantasie streikt und schmollt, entlädt sich beim Nähen.

Musik? Was gab es? „Speedy Gonzales", Rock'n Roll, Twist. Elvis war irgendwie peinlich, schmalzig.

Love me tender"

Nee, von so einem möchte ich nicht geliebt werden. Was der mit Mädchen vorhat, dafür bin ich noch viel zu jung.

Erstmal nur Blicke werfen, sich unterhalten, vielleicht mal ein Kuß. Elvis ist viel zu heftig. Kann ich mir alles noch gar nicht vorstellen. Ist auch nicht mein Typ.

Dabei ist Rock'n Roll schon toll. Das Tanzen, die Musik: temperamentvoll, amerikanisch, bringt ein super Lebensgefühl in unsere etwas verklemmten Beziehungen zum anderen Geschlecht. Beim Tanzen haben wir viel Spaß und können befreit lachen.

Das hellblaue Kleid

Meine Kleidung bekomme ich, wenn sie nicht von der Schneiderin genäht wird, aus dem Großhandel. Ich weiß nicht, wie meine Eltern zu einem Berechtigungsschein gekommen sind, jedenfalls gehen wir immer dorthin zum Einkaufen. Die Sachen sind nicht besonders modisch, nur einmal hab ich eine Lastexhose mit Keil erstanden, als der Keil schon unmodern ist. aber sie ist hellbeige und auffällig schick. Dazu gibt es eine knallblaue, mohairartige Winterjacke, bzw. Kurzmantel. Da das Schneidern zu teuer wird und ich die Schnitte auch nicht schick genug finde, fasse ich irgendwann kurzerhand den heroischen Entschluss, mir selbst ein Kleid zu nähen. Etwas waghalsig, da meine Handarbeitskünste in der Schule nicht sehr erfolgreich sind. Ich habe es zu einer akzeptablen Schürze gebracht und ein paar völlig verwurschtelten Strick- und Häkelarbeiten. Sticken wiederum mag ich ganz gern, schon allein wegen der schönen bunten Muster, die auf dem Stoff entstehen. Irgendwie entwickele ich plötzlich den Ehrgeiz, nicht auf ewig als unauffälliges Gänseblümchen durchs Leben zu gehen. Ich möchte auffallen und schön sein.

Ob es die sprießenden Hormone sind oder nur ein gigantischer Wutanfall, aus dieser Enge, der vorbestimmten Weiblichkeit, zu entfliehen. Weiblich, äh, das scheint ein Synonym für Hausfrau, brav, angepasst, ohne Bewegungsfreiheit. Schminken ist zu gefährlich. Ich hebe innerlich ab, verwandele den Wutanfall, der mir irgendwie nicht passt, in , ja , in – Flucht, Flucht in die Bücher ist es nicht mehr, es muss mehr sein, etwas anfassen können, gestalten. Also hebe ich innerlich ab auf ungefähr 10 Meter über dem Erdboden, lasse alles Bedrückende, Düstere, Schwere, alle Verbote, böse Worte und Blicke, auf den Boden sinken. Ich lerne fliegen. Take off: der Weg in den Stoffladen, aussuchen, anfassen, das Auge isst mit. Schnittmuster aussuchen, Garn, Reißverschluss, ab nach Hause! Dann, während des Fluges: Schnitt ausradeln, ausschneiden, auf den Stoff legen, befestigen, zuschneiden zusammenheften, anprobieren, nähen. Alles ohne Turbulenzen, bei schönstem Wetter, sprich, bester Laune, der Jungfernflug. Landung vorbereiten: Den Gürtel machen lassen, alles anziehen, Landung geglückt, Applaus für die Pilotin. War zwar kein sehr hoher Flug, am Boden noch alles im Blick gehabt, aber, jetzt, Betreten des Neulands. Beim Verlassen des Flugzeugs weht der Rock, ist da unten nicht ein roter Teppich?

Ich nehme an einem Austausch nach Schweden teil und das hellblaue Kleid mit. Tiia, meine Austauschpartnerin stiehlt mir zwar trotzdem die Show bei Tanzveranstaltungen, weil sie sehr blond und sexy aussieht, aber letztlich gibt mir der Erfolg einen enormen Anschub, es nun weiter zu versuchen. Plötzlich kriege ich auch Rückenwind von meinen Eltern, die diese neu

aufgetauchte Tugend unterstützen.
Meine Mutter bewundert mich dafür,
meint, ich hätte das Talent meiner
Urgroßmutter Anna Tetzlaff geerbt,
die sogar Uniformen nähen konnte,
ihre acht bis zehn Kinder rundum
benäht hatte nebst der Tatsache, dass
sie all ihre Kinder ein Jahr lang gestillt
haben soll.

Also habe ich doch endlich ein
weibliches Pfund, das mir gefällt, mit
dem ich wuchern kann, zwar ein
ererbtes, aber immerhin. Danke dafür,
liebe Anna Tetzlaff! Zum Ausgleich
dazu sind mir, wie gesagt, alle
Hausarbeiten ein Gräuel, kochen,
einkaufen und putzen. Den
„Handarbeiten" wie nähen, stricken
und häkeln kann ich eine Menge
abgewinnen, da sie mich, unter
anderem, auf direktem Wege dem
begehrten männlichen Geschlecht
näher bringen.

Ich trage eine Kurzhaarfrisur, sehe ein
bisschen wie ein Junge aus. Es gefällt
mir sehr gut in Helsingborg. Die

Eltern meiner Austauschpartnerin
sind Esten. Sie sprechen zu Hause
estnisch. Die Großmutter spricht noch
deutsch. Meine Freundin Tiia spricht
auch sehr gut deutsch. Wir fahren
nach Helsingör in Dänemark zum
Tanzen, setzen mit dem Schiff über.
Ich habe mein hellblaues Kleid an. Wir
gehen in ein Tanzlokal. Tiia wird
sofort zum Tanzen aufgefordert. Ich
sitze ein wenig schüchtern und
vielleicht auch ein wenig abweisend
da. Das blaue Kleid kommt mir jetzt
doch etwas kindlich vor. Tiia sieht viel
damenhafter und älter aus. Dabei sind
wir beide sechzehn. Trotzdem finde
ich es toll, was wir hier alles
unternehmen. Der Sommer ist schön,
wir gehen jeden Tag in eine
Badeanstalt. Das Schönste sind die
Sandwiches, die wir mitbekommen.
Brote mit Salatblättern, Fleisch oder
Käse und Remoulade. Einmal gibt es
abends ein großes Essen mit Familie
und Verwandten. Ein großer Fisch mit
entsetzlich vielen Gräten liegt auf
meinem Teller. Vor lauter Gräten kann

ich kaum etwas essen. Danach, abends spät, gibt es Torten und Kaffee. Ich bin beeindruckt.

Tiia und ich fahren nach Kopenhagen und besuchen das Tivoli, den Freizeitpark. Wir lernen zwei attraktive deutsche Jungen kennen. Einer hat schwarzes Haar, den mag ich gern, Tiia den Blonden. Es macht Spaß, mit den Jungen durch's Tivoli zu streifen. Es gibt ein Jazzfestival in der Umgebung von Helsingborg. Auf einer großen Wiese stehen Buden und Bühnen. Man kann sich ganz gut verlaufen. Gibt es so was in Deutschland überhaupt? Jazzfestivals? Ich hab noch von keinem gehört. Das ist hier alles super modern!

Das Faschingskostüm

Es ist Faschingszeit. Ich bin 16 Jahre alt. Im Haus der Jugend gibt es eine Party. Ich möchte mir ein Kostüm nähen.In der Brigitte finde ich das Passende. Eine knallrote Strumpfhose, darüber die schwarze enge Turnhose mit ärmellosem Hemd, einen knielangen Tüllrock, Tüll am Ausschnitt, eine Stoffrose an der Hüfte, rote Schleife im Haar und rote Bastkirschen als Ohrringe. Ganz schön sexy sieht das aus.
Ich bin zufrieden. Endlich!
Bevor ich losgehe, sag ich meinen Eltern tschüs und stelle ihnen das Kostüm vor. Völlig unerwartet, mitten in meine Vorfreude, trifft mich ein vernichtender Blick meines Vaters.
Wie ein Blitzlicht, kurz, aber prägnant. Nicht zu übersehen. Mit einem Schuss Verachtung. Ein vergifteter Pfeil.
Ich fliehe, versuche, meinen Stolz und meine Freude zu erhalten, aber es gelingt mir nicht.
Die jahrelange Bedrücktheit meiner

Mutter, mein Vater ist irgendwie
meine Rettung gewesen, Verständnis,
liebevolle Zuwendung, und jetzt das.
Kein Wort. Ich weiß, er hasst roten
Lippenstift. Meine Schwester darf
keinen Lippenstift auftragen. Meine
Mutter schminkt sich sowieso nicht.
Da bleibt nur eins, Flucht - doch der
Blick verfolgt mich, nicht andauernd,
aber er lauert mir auf, schlägt in
schwachen Momenten zu und bringt
mich zur Verzweiflung.
Wenn ich den Pariser Brief kennen
würde, würde ich wissen: deutsches
Mädel, geschminkt: blödsinnig,
auffällig, Provinzlerin, oder
schlimmer, bei Nacktheit (meine roten
Strumpfhosen, der durchsichtige Tüll)
schwül, grobsinnlich, plump und
widerlich.
Und das alles in einem einzigen Blick.
Wie soll ich das aushalten? Überleben?
Papa, du hast doch nicht alle Tassen
im Schrank. Ich bin deine Tochter,
erinnerst du dich?

Das rosa Kleid, der weiße Pikee-Hut und die weiße Pikee Tasche

Ich bin 18 Jahre alt, ein Jahr vor dem Abitur, als ich in den Sommerferien mit Tante Eila nach Rom fahre, um meine Cousine, die ursprünglich aus Argentinien kommt, mit ihrem Mann und ihren fünf Söhnen zu besuchen. Ich fange an, mir Kleider für den Süden zu nähen. Da ich knapp an Geld bin, ändere ich ein Kleid von meiner großen Schwester um. Ich ändere den Schnitt komplett und mache aus dem Kleid mit dem weiten Rock, Petticoat – gebauscht, ein eng anliegendes Kleid mit Gürtel, den Rock unten ausgestellt, wie es inzwischen Mode ist. Dazu paspele ich es an den Ausschnitten und Ärmeln mit rosa-weiß kariertem Stoff ab. Ich bin mächtig stolz, dass mir diese komplette Änderung gelingt. Den Stil meiner Schwester nicht kopierend,

habe ich meinen eigenen entwickelt.
Das weiße Kleid mit dem schwarz
gepaspelten Loch stellt eine
wunderbare Ergänzung dar. Ich weiß
nicht, wie ich darauf gekommen bin,
einen weißen Hut mit breiter Krempe
dazu zu nähen, wahrscheinlich, um
mich bei Besichtigungstouren zu den
zahlreichen altertümlichen
Schönheiten Roms vor der sengenden
Sonne zu schützen. Keine schlechte
Idee, der Hut steht mir großartig.
Leider wird es aus unerfindlichen
Gründen oft so windig sein, dass er
mir vom Kopf fliegt, so dass ich ihn
letztlich kaum tragen kann, zu
meinem großen Bedauern.
Tante Eila und ich fahren mit dem Zug
nach Rom. Bisher bin ich nie weiter
südlich gekommen als nach Münster i.
W.. Meine Eltern machen keinen
Urlaub, aus Geldmangel und auch aus
Gründen der eingeschränkten
Bewegungsfähigkeit meines Vaters.
Ich wurde in den Sommerferien zu
Verwandten auf's Land geschickt.
Dazu bin ich jetzt zu alt, also gehe ich

auf die Reise zu Verwandten nach Rom, zu übersiedelten Deutsch-Argentiniern. Die Reise ist lang und wir schlafen in herausgezogenen Sitzen, nicht in Liege-oder Schlafwagen. Meine 68jährige Tante ist putzmunter, hat keine Probleme mit dem unbequemen Schlafen.

Ich hingegen schon. Allein vom langen Sitzen bekomme ich geschwollene Knöchel, kann auf den unbequemen Sitzen kaum schlafen. Ich bin 18 Jahre jung und eigentlich nicht zimperlich.

Am nächsten Morgen hält unser Zug am Brenner. Hier geht es nicht weiter, weil auf der Strecke gebaut wird. Wir werden in Militärlastwagen verladen und von Gebirgsjägern, jungen Soldaten, begleitet. Tante Eila schäkert mit den Soldaten herum, sie genießt die Reise offensichtlich und fühlt sich pudelwohl. Ich bin müde und zerschlagen, genieße aber zunehmend die schöne italienische Landschaft, an denen unser Zug vorbeifährt. Eine neue Welt tut sich auf: Der Süden! Die fremde Vegetation verzaubert mich. Italien! Mit der Wirklichkeit ist nichts zu vergleichen, was ich bisher gehört oder gelesen hab. Das ist mein eigener, mit allen Sinnen wahrgenommener Film. Tante Eila plaudert munter weiter im Zug, lernt viele Leute kennen und verständigt sich mit Händen und Füßen und ihren paar spanischen Brocken.

Ich bin vier Wochen lang wie berauscht, bin verliebt in alles, was ich sehe, rieche, schmecke und fühle.

Fast jeden Tag stiefele ich los in Begleitung einer der etwas älteren Bambini, der Söhne meiner Cousine, die 13, 12 und elf Jahre alt sind. Sie können deutsch, von ihrer Mutter, sprechen zu Hause spanisch (argentinisch) und mit Freunden italienisch. Dazu besuchen sie eine amerikanische Schule. Selbst die beiden Jüngsten, drei und fünf Jahre alt, können mühelos spanisch von italienisch unterscheiden. Ich lese ihnen manchmal Comics vor, die sie verstehen, ich aber nicht.

Ich sehe die großen Meister, die mir mein Bruder gezeigt hat, im Original und mit eigenen Augen! Die Sixtinische Kapelle ist total überfüllt. Man hört ein ständiges Summen der Besucherstimmen. Dennoch verliere ich mich in der Schönheit der Figuren. Ausgestreckte Hände, klare, starke, sehnsuchtsvolle Gesichter, ausdrucksstarke Körper und Geschichten über Geschichten. Ich bewundere die Körperlichkeit der Figuren, die großzügig fallenden Gewänder, Darstellung und Ausstrahlung faszinieren mich gleichermaßen. Die vielen Leute stören mich. Ich stelle mir vor, auf einem fahrenden Gerüst die Bilder von Nahem studieren zu können. Renaissance Maler sind auch die Lieblingsmaler meines Bruders, Leonardo da Vinci als leuchtendes Beispiel des, heute würde man sagen „allround" Künstlers, Entdeckers, Erfinders. Die Renaissance spiegelt den Aufbruch, die Veränderung aus dem dumpfen Mittelalter. Die Welt

wird größer, klüger, schöner.
Diese Kunst ist wie Musik. Nein, sie
ist Musik. Ich stelle mir vor, dass ich
die Bilder hören kann. Sie klingen, ich
höre starke Stimmen und empfinde
etwas Rhythmisches in ihnen. Das
setzt sich fort, wenn ich über den
Palatin schlendere oder im großen
Park der Villa Borghese spazieren gehe
Das habe ich später selten wieder so
stark empfunden wie auf dieser
Romreise.
Die Ruinen auf dem Palatin sind
spannend, ihre Unvollständigkeit
empfinde ich als geheimnisvoll, lässt
viele Fragen offen, denen man
nachgehen könnte oder als Geheimnis
stehen lassenMein Begleiter, einer der
beiden älteren
Söhne der Cousine, zwölf oder
dreizehn Jahre alt, macht alles
geduldig mit, freut sich mit mir und
besteht darauf, in der Bar die
Limonade zu bezahlen, ganz Kavalier.

Das schwarz-weiße Kleid

Nach den sommerlichen
Nähversuchen für die Reise nach Rom
werde ich noch mutiger. Für die
nächste Party möchte ich mir ein
neues Kleid nähen.
Der weiße Stoff, natur weiß, fühlt sich
glatt an und ein wenig steif. Es ist
Leinen. Ich lege das Schnittmuster
darauf und schneide die Teile zu. Es
ist immer eine Mischung aus Lust,
Anfangsrausch und der Angst, es
könnte nichts werden. Ich verschneide
den Stoff oder der Schnitt sitzt nicht,
aus irgendeinem Grunde, und die
schöne Illusion landet in einem
Haufen zerfetzten Stoffes. Doch aus
irgendeinem Grund habe ich
Vertrauen. Es ist eine spannende
Tätigkeit. Sehen, wie das Kleid Naht
für Naht entsteht. Meine Ungeduld,
die mich manche notwendige Arbeit
auslassen lässt, mühselige Arbeit,
damit alles besser sitzt. Aber die
mangelnde Sorgfalt rächt sich, das

Kleid sitzt nicht und ich ärgere mich. Nichts ist schlimmer als das sichtbar Werden meines Dilettantismusses. Also zwinge ich mich und werde belohnt, wenn das Kleidungsstück gelungen ist. Das schwarze Paspeln am ovalen Loch oben am Ausschnitt ist so eine Zitterpartie, wenn das Paspelband unter meinen Händen und dem Nähfuß verrutscht. Ich lerne Geduld. Jetzt noch den Saum mit der Hand nähen, mit möglichst unsichtbaren Stichen, und schon ist das Werk fertig. Mein Anblick im Spiegel ist die schönste Belohnung. Weiß steht mir und die schwarzen Paspeln passen gut zu meinen schwarzen Haaren. Ich fühle mich reicher als eine berühmte Schauspielerin, als das bildhübsche Model in der Zeitschrift.

Ich bin angespannt. Mein Freund wollte vorbei kommen. Er verspätet sich. Ich bin wütend. Dann gehe ich eben! Ich gehe in die Stadt, treffe Freundinnen und komme wieder nach

Hause. Er ist immer noch nicht da gewesen, hat mich - nicht - nicht angetroffen und gemerkt, dass ich wütend bin. Was soll ich machen? Ich würde gern mit meiner Mutter oder meinem Vater darüber reden, mir einen Rat holen. Ich gehe ins Wohnzimmer. Meine Mutter sitzt auf dem Sofa und liest einen Roman von Pearl S. Buck, mein Vater korrigiert Hefte. Ich setze mich ein wenig verklemmt in einen Sessel, traue mich nicht, sie anzusprechen. Die Spannung ist unerträglich, so dass ich wieder in mein Zimmer flüchte.

Wenn ich das Thema bei meinem Freund anspreche, sagt er: „Wenn du mich wirklich liebst, wartest du auf mich. Ich will losfahren, und dann fällt mir irgendeine Beschäftigung ein, bei der ich total die Zeit vergesse."

Mir fällt dazu nichts ein. Und das soll Liebe sein?

Minimode, Courèges und Co

Von einer Kombination in der "Brigitte" bin ich wie elektrisiert. Es ist eine Herausforderung für mich. Ein Mini-Wickelrock zum Wenden, auf beiden Seiten zu tragen, aus Jeansstoff und Küchenkaro Baumwollstoff. Das bringt mich in die nächste Liga des Könnens. Der Rock sitzt auf der Hüfte, durch einen schmalen Gürtel in Gürtelschlaufen gehalten. Werde ich es schaffen? Ich gehe so akribisch wie möglich vor, meine gewohnte „Großzügigkeit" im Vermeiden von Vorarbeiten weicht meinem Ehrgeiz. Ich kann es kaum glauben, aber der Rock gelingt mir ohne Mühe. Das Oberteil dazu ist eine leichte Übung, ohne Ärmel, mit rundem Ausschnitt. Je mehr meine Lehrerin über unsere „Brigitte Fraktion" schimpft, umso stolzer bin ich. Wir sind offenbar schon etwas Besonderes, nehmen vielleicht unser Äußeres zu ernst, aber interessanten Unterricht in Deutsch und Geschichte schätzen wir mindestens genau so hoch wie unser selbst gestaltetes Outfit.

Was steht mir alles offen, wenn ich schon so weit bin? Wie kann ich das noch übertreffen?

Das Gefühl, aus einem Stück Stoff mit eigenen Händen und eigenem Geschick ein hübsches Kleid zu nähen, ähnelt in gewisser Weise meiner Angst vor dem leeren Blatt am Anfang einer Deutscharbeit. Ich sitze da, grübele an dem Thema herum, nehme mir ein Stück Schokolade und versuche meine Panik zu überwinden, dass diese leeren Blätter womöglich nach fünf Schulstunden immer noch leer sind. Mich gruselt es. Um meine Energie zu erhöhen, greife ich zu dem Stapel Dextro Energen Tafeln, den treuen Begleitern dieser Ausdauer Übung. Der Zucker Kick bringt mich auf Trab. Das alles brauche ich beim Nähen nicht. Mein inneres Bild des schönen Kleides ist Kick genug. Ich schneide munter drauflos und freue mich an den einzelnen Etappen dieses

Prozesses.

Mein Leben ist abwechslungsreich. Meine Freundinnen und Freunde, unsere "Clique", unternehmen viel, gehen ins Kino, ins Theater, machen Ausflüge, treffen uns nach wie vor jeden Nachmittag bei Eduscho und samstags im Café Leysieffer, nehmen an Gruppenfahrten in das geteilte Berlin teil, feiern Parties, arbeiten für die Schule. Ich nähe meine Kleider, Schlipse für meine Brüder, sticke Monogramme in Taschentücher, bastele Weihnachtsgeschenke. Theaterstücke, die ich sehe, sind „Katharina Knie" von Zuckmayer, „Die Physiker" von Dürrenmatt, „Alle meine Söhne" von Arthur Miller und „der eingebildete Kranke" von Molière mit Curt Bois und Charles Brauer. Das Stadttheater in Osnabrück gilt als Sprungbrett für berühmtere Bühnen in den größeren Städten. Wir feiern die „Französische Woche" auf dem Rathausplatz.

In meinem Kalender „heute, morgen, übermorgen" mache ich Notizen zu Filmen und Büchern. Filme, die ich sehe, sind „Hiroshima – mon Amour", „Die Ferien des Monsieur Hulot", „Der dritte Mann", „Charade" mit Audrey Hepburn und Gary Grant, einem meiner Lieblingsschauspieler, vor allen Dingen wegen seiner Ironie und seines komischen Talents, „Hunde, wollt ihr ewig leben" dazu notiere ich: „Gesamtbild von der Katastrophe 1942 in Stalingrad" Berührt mich der Film wirklich oder ist es nur ein Spielfilm für mich? Ich verarbeite alles, was den zweiten Weltkrieg angeht, über den Kopf oder sehe eben Spielfilme als „Fiktion", die Verdrängung meiner Eltern setzt sich nahtlos fort. Zu „Hiroshima, mon Amour" notiere ich „sehr eindrucksvoll, gut gespielt. Die Meinungen darüber gingen weit auseinander" Unsere Sprache: „Super" schreibe ich. „Primitiv" ist ein Wort, sogar „primitiv in Potenzen" Dieses Gütesiegel verleihe ich dem

Film „Mac Lintock" mit John Wayne
und Yvonne de Carlo. „Saudoof"
kommt vor. Oder „Schrei, wenn du
kannst" wird von mir lakonisch
kommentiert mit „ein französischer
Film der neuen Welle" „Das
Appartement" mit Jack Lemmon und
Shirley Mac Laine finde ich
„rührselig" . Mit den Leiden der
jungen Geliebten eines älteren, für
meine Begriffe völlig unattraktiven
Mannes kann ich nichts anfangen.
Immerhin stelle ich fest, dass die
Schauspieler gut gespielt haben.
Ingmar Bergmann Filme sehe ich en
masse, „Licht im Winter, Wie in einem
Spiegel, Sehnsucht der Frauen und
Wilde Erdbeeren", 4 Filme zwischen
April und September 64
Anerkennend notiere ich
„ausgezeichnete Darstellung, gute
Regie, aktuelle Problematik" das
klingt eher nach Filmkritik aus der
Zeitung. Die Filme Bergmanns
empfinde ich als zu ernst und düster.
Ich liebe Komödien wie „Das
Wirtshaus im Spessart", alle Kurt

Hoffmann Filme, Dann „Im Kittchen
ist kein Zimmer frei" mit Jean Gabin
und „Schloss Gripsholm" mit Walter
Giller.

Bücher lese ich von John Masters,
Arthur Koestler, Frank Thiess, John
Wain, Jan Olcenabek
(Romeo und Julia in der Finsternis, 2.
Weltkrieg in der CSSRein 18jähriger
Junge versteckt eine Jüdin, ich finde
den Roman „sehr eindrucksvoll")
Henri Bosco, John van Druten, Robert
Crottet, Eric Ambler, Robert von
Ranke-Graves und Rolf-und
Alexandra Becker.
Warum ich so misstrauisch mir selbst
gegenüber bin bezüglich der
deutschen Vergangenheit?
Ich glaube, ich hatte alles als „Gut"
und „Böse" abgehakt, wie in Büchern
und Filmen. Dass die Gräueltaten
Wirklichkeit gewesen waren, davor
hatte ich meine Seele verschlossen.
Folgen der Zerstörung, die sich in der
Familie atmosphärisch fortsetzten und
immer wieder durch Familiensinn und

Zusammengehörigkeit gemildert wurden, wirkten im Unbewussten weiter, in jahrelangen Alpträumen über brennende Häuser, aus denen ich nicht herauskam oder Träumen, in denen ich bewegungslos einer tödlichen Gefahr gegenüberstand, die man nicht sehen konnte.

Das Ballkleid

Mit 19 Jahren mache ich mein Abitur, ich bekomme das „Reifezeugnis", Unser Jahrgang feiert mit einem Abiball. Ich habe mir dafür ein besonderes Kleid geschneidert, fliederfarbener Georgette – Stoff, knielang und schulterfrei. Gehalten wird das Kleid mit zwei sich kreuzenden breiten Trägern. Ich bin stolz. Dazu habe ich mir Ohrringe angefertigt, ein Ring aus Perlen in Form von Kreolen, darin noch eine kleinere Kreole. Der einzige Knick bei der Abiturfeier ist meine Geschichtsnote, die sich durch die mündliche Prüfung von einem „Gut" auf ein „Befriedigend" verschlechtert hat. Klingt eigentlich gut: befriedigend. Ich sollte im wahrsten Sinne zufrieden sein, sozusagen rundum, aber die Zwei in Geschichte wäre wenigstens ein kleines Glanzlicht gewesen und hätte auch meinem Einsatz und meinem Interesse am Fach widergespiegelt. Aber nein, es soll nicht sein! Sowieso immer verschüchtert in mündlichen Prüfungen, habe ich mehr oder weniger mein geballtes Wissen heruntergebetet und bin zu weitergehenden Reflexionen völlig unfähig gewesen. Ich bin froh, überhaupt etwas gesagt zu haben. Aber die Prüferin ist meine Klassenlehrerin und langjährige Geschichtslehrerin, sie muss mich doch kennen und mein großes Interesse an ihrem Unterricht. Hinzu kommt noch, dass ich sie insgeheim sehr verehre als intellektuelle, junge, attraktive Frau, ganz das Gegenteil meiner Mutter.

Da habe ich auf der ganzen Linie versagt. Nun bleibt mit nichts übrig als zumindest mit meinem Outfit zu glänzen und die Schmach wiedergutmachen.

Meine Eltern sind zufrieden mit mir, die Schlappe in der Geschichtsprüfung haben sie nicht mitgekriegt Dass ich als Mädchen das beste oder zweitbeste Abizeugnis von meinen Geschwistern habe, bei drei Brüdern, ist schon was wert

Mein Vater schreibt einen Brief an den Jüngsten meiner Brüder, der 7 Jahre älter ist als ich und bei Würzburg mit Frau und Kind wohnt.

Osnabrück, den 26. 7. 1966

Liebe Ingrid, lieber Hinnerk!

Wir haben die Zeit hier gut herumgekriegt, haben natürlich auch die Meisterschaften verfolgt, am Radio. Mutter und Tante Eila ganz aufgeregt, besonders gestern beim Spiel gegen die Russen. Tante Eila hat drei Glas Muskateller getrunken und meinte, bei deutschem Endsieg müssten wir eine Flasche Sekt trinken. Als ich ihr klar machte, dass sie dann die ganze Flasche an einem Abend allein trinken müsse, Mutter und ich dürfen ja nicht, meinte sie allerdings, das schaffe sie nicht. Na, wir haben jedenfalls die Spiele interessiert angehört, obwohl Herbert

Zimmermann (Helmut Schreiner)
berichtete – Gerade ist Annchen
gekommen. Sie hat schon wieder eine
dicke Backe trotz des herausoperierten
Weisheitszahnes.

Herzliche Grüße von uns allen

Vater

Nach vielen Jahren übergibt mein
Bruder mir die Briefe meines Vaters.

Mensch Papa, haste gar nicht gemerkt,
dass du „Endsieg" geschrieben hast!
Mann Mann Mann! Deutscher
Endsieg!
Das ist Sport, Papa, Fußball, kein
Krieg. Jetzt machst du aber die dicken
Backen!

Dein reifegeprüftes Annchen, trotz der
herausoperierten Weisheit.

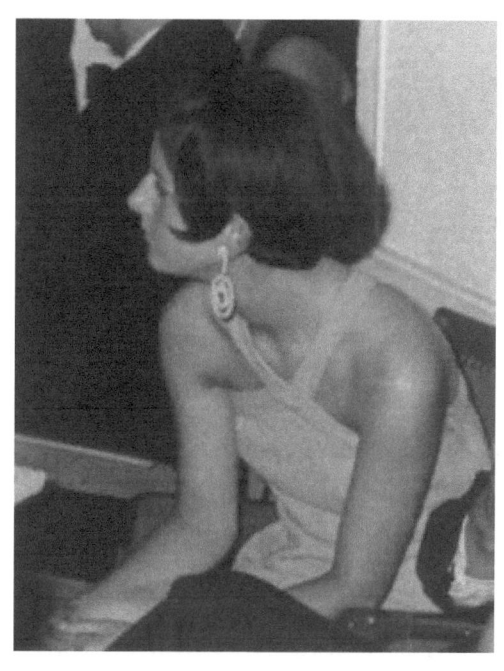

Der lila Mantel

Nach dem Abitur gehe ich nach Münster zum Studieren.
Praktischerweise ziehe ich mit einer Freundin in ein Doppelzimmer, möbliert, ohne Herrenbesuch. Natürlich haben wir trotzdem Herrenbesuch, aber es ist auch ein Grund, schnellstens ein Zimmer mit den Möglichkeiten zu suchen, die unserem Gefühl von neuer Freiheit und Selbstverantwortung entsprechen. Es ist schön und auch etwas erschreckend, selbst verantwortlich zu sein und für alles selbst sorgen zu müssen. Aber mein Vater hält noch seine fürsorgliche und manchmal bestimmende Hand über mich, so gut er kann. Nach zwei Semestern habe ich genug von Münster, weil es zu nah an Osnabrück ist, ich fahre oft nach Hause, Münster erinnert mich zu sehr an Osnabrück, kurzum, es wird mir zu

langweilig und ich möchte in die Welt
hinaus. Ich will weg, möglichst in den
Süden, weit weg, in schöne Landschaft
und eine schöne Umgebung. Freiburg
i. Br. bietet sich an wegen der Nähe
zur Schweiz, Italien und vor allem
Frankreich, auch wegen des
Professors Hugo Friedrich, der eine
Koryphäe in Romanistik sein soll. Das
ist die Begründung, die ich meinem
Vater gebe. Ich studiere Englisch und
Französisch, ganz in den Fußstapfen
meines Vaters.
Zwei Töchter eines Kollegen meines
Vaters nehmen mich mit dem Auto
mit und helfen mir bei der
Zimmersuche. Der kleine VW -Käfer
kraxelt und ächzt auf der Autobahn
die Berge rauf , manchmal sogar im
zweiten Gang, bergrunter schafft er,
ganz selten, 120 km/h. So brauchen
wir manchmal 10 bis zwölf Stunden
für 600km. In Freiburg beziehe ich ein
kleines Zimmer in der Hildastraße,
Klo auf der Treppe und eine
Waschschüssel im Zimmer, Bad gibt es
selten, aber ich fühle mich frei und

unabhängig. Ein bisschen zu frei, so
dass ich die meiste Zeit in einem
Doppelzimmer zweier
Mitschülerinnen aus meiner alten
Schule verbringe, später auch in ein
winziges Zimmer neben ihnen ziehe,
dann muss ich abends nicht mehr die
dunkle Straße entlang laufen. Etwas
gruselig finde ich es schon, trotz
bürgerlichem Ambiente.
Ich ziehe mit zwei Koffern um, im
Gepäck ein paar Poster, einen
knallroten Plattenspieler und als
einzige Platte „Sgt Pepper's Lonely
Hearts Club Band", von den Beatles.So
kann ich es mir gemütlich machen. An
der Uni ist es viel angenehmer als in
Freiburg, kleiner und persönlicher,
auch finde ich die Themen
interessanter. Und in den Straßen
staune ich und jubele: Überall kann
man die Berge sehen! Wir fahren in die
Berge, ins Schwimmbad in
Littenweiler, ich lerne Skilaufen auf
dem Schauinsland und am
Stollenbach-Lift. Das ist ja permanent
wie Urlaub!! Ich kenne ja noch nicht

viel von Deutschland, in den Urlaub
fahren gab's in unserer Familie nicht.
Um so mehr genieße ich die
Umgebung und alles Neue. In einer
halben Stunde ist man in Frankreich,
in einer Stunde in der Schweiz, in
Basel, und auch Italien ist nicht weit.
Unfassbar!! Wir wohnen nah am
Münster, der Kathedrale, die mitten in
der Stadt steht, gehen abends in die
Diskothek, in den Keller, eine Minute
entfernt von unserer Wohnung. Dort
höre ich zum ersten Mal Soul-Musik,
die erste Motown Platte: That's Soul:
When a man loves a woman, Knock
on Wood, Mustang Sally, Fa-Fa-Fa-Fa,
Warm and Tender Love. Wir fahren
nachts zum Weiberfasching, dem
Schmutzige Dunschtig, in den tiefen
Schwarzwald, Die Frauen setzen sich
Masken auf, auch alte Frauen, und
schnappen sich die jungen Männer, da
haben wir keine Chance. Um vier Uhr
morgens gibt es dann einen Umzug,
alle haben Nachthemden an,
Hemdglunki. Anschließend, so um
sechs oder sieben Uhr morgens, sind

alle Kneipen voll und man isst so was wie Leberle oder irgendwelche Innereien.

Den lila Mantel hab ich in der „Brigitte" gesehen, allerdings zum Kaufen. Ein Minimantel im Wickelstil mit Biesen, aus sehr schönem flauschigen Wollstoff, asymmetrischer Courreges-Stil, sehr chic. Dennoch ist es eher ein leichter Frühlingsmantel. Ich finde ihn zufällig in einem Laden, stark heruntergesetzt. Ich trage den Mantel, als wir einen Ausflug nach Straßburg machen. Er repräsentiert die Leichtigkeit und das Neue der Veränderung in meinem Leben. Eine schöne neue Farbe bereichert mein Leben, das Licht ist anders hier als in Norddeutschland, die Landschaft anders, es gibt Vieles zu entdecken.

Das grüne Jersey Kleid

Zeitlupe
Nach zwei Semestern Freiburg soll ich
zurück nach Münster. So war es
verabredet. Das akzeptiere ich brav
und gehe zurück in die elterlichen
Gefilde. Meine Mutter stammt aus
Münster und mein Vater hat dort
studiert. In Freiburg zu bleiben,
kommt mir nicht so recht in den Sinn.
In so einem Paradies zu leben, das
wäre ja wie das ganze Jahr
Weihnachten!

In Münster beziehen eine Freundin,
mein Freund und ich eine zum Abriss
vorgesehene Altbauwohnung, d.h. das
ganze Haus soll einer
Straßenerweiterung weichen. Wir
schleppen Möbel ran, streichen alles,
stellen Öl - und Kohleöfen auf. Wieder
gibt es ein riesiges Zimmer mit einer
Badewanne darin und auf halber
Treppe die Toilette. Ich langweile mich
in der Uni und mit der ehemaligen
Mitschülerin aus dem Schickeria

Milieu, die bzw deren Familie Geld wie Heu hat und ansonsten stinklangweilig ist. Der Winter 68 ist kalt und das Heizen der Ölöfen mühselig. Wenn das Öl in den Ofen gelaufen ist, ersäuft das Streichholz regelmäßig. Durch die wechselnde Temperatur erkälte ich mich und liege krank darnieder. Mein Freund geht mit der Freundin aus. Ich bin nicht wirklich eifersüchtig, aber irgendwie total stinkig. Münster nervt mich nach Freiburg, das Wetter, die Umgebung, alles riecht nach dem Muff meiner katholischen Familie, der Vergangenheit meiner Eltern, diesem Leben, wogegen ich rebellieren möchte, aber nicht kann. Im Gegenteil, ich fahre auch noch häufig nach Hause.

Lange halte ich es hier nicht aus. Die Gelegenheit ist da, ich will nach Frankreich, ergreife wieder die Flucht, wie nach dem Abitur, und nach den ersten Semestern Münster dann nach Freiburg.

Das grüne Jerseykleid ist ein Versuch, Farbe in mein graues Leben zu bringen. Schockfarben bestimmen die Mode: Pink, knallblau, knallgrün, gelb. Das Jerseykleid hat einen modischen langen Reisverschluss vom Ausschnitt bis zum Bauchnabel, es ist mini kurz, sehr kurz. Dazu ein Hemdkragen. Ich habe zugenommen in meiner Langeweile und mißmutigen Stimmung. Die Pfunde werden durch den geraden Schnitt kaschiert. Die Farbe steht mir, aber das Kleid ist trotz des modischen Reißverschlusses eher ein Aufschrei als ein ästhetischer Genuss. Selbst mein Vater macht eine abfällige Bemerkung über meine Figur. Die stecke ich missmutig weg.

Seit dem „bösen" Blick erwarte ich von meinem Vater in Sachen Schönheit sowieso nichts Positives.

Mein Vater schreibt an den jüngsten meiner Brüder nach Würzburg. Der wohnt auf dem Land mit seiner frisch gegründeten Familie und arbeitet als Betriebswirt in einer renommierten

Baufirma.

Osnabrück, Nikolaus 1968

Liebe Ingrid, lieber Hinnerk!
Hier bei uns ist alles beim alten. Wir
drei fühlen uns ganz wohl. Annchen
kommt mit U. fast jedes Wochenende.
Heiligabend werden wohl Annchen,
Gerd und Annelies bei uns sein. J. will
mit Familie am zweiten Weihnachtstag
kommen und einige Tage bleiben.
Annchen will anscheinend nach
Freiburg zum Ski fahren mit U. Was
sonst so wird, Sylvester, müssen wir
mal abwarten.
Wir freuen uns auf die Ferien. Die
Feiertage werden wir ja wohl gut
überstehen. Die nötigen
Alkoholmengen sind vorhanden,
Magenpulver muss noch gekauft
werden.

Herzliche Grüße von Tante Eila,
Mutter und Vater

Tarnkleidung und Seidenbluse

Modisch gesehen gibt es einen
Tiefpunkt in meinem jugendlichen
Leben, als ich nach Paris fahre, um Au
Pair Mädchen zu werden.
Eigentlich paradox. Man sollte
meinen, dass ich mich auf diese
aufregende Phase mit Begeisterung
gestürzt hätte und nun eine Kollektion
der neuesten Modelle erstellt hätte,
um der Pariser Herausforderung
freudig zu begegnen. Nein, ich begebe
mich eher unauffällig auf die Reise.
Ich warte ab und möchte erst sehen,
was mich erwartet. Bin auch ein wenig
ängstlich und möchte sozusagen als
leeres Blatt auftreten, neutral und
ausbaufähig. Bin neugierig, verhalte
mich aber eher wie ein Schwamm, der
sich mit neuen Eindrücken vollsaugt,
oder auch wie ein leeres Blatt, bereit
zum beschrieben werden. Noch dazu
ist meine Madame
Boutiquenbesitzerin in St Tropez und
Nîmes. Jetzt werde ich sehen, wie sich
eine echte Pariserin gestaltet. Der

erste Aufenthalt soll nach Courchevel 1800m gehen, ein ausgesprochen mondäner Skiort. Ich habe Tarnkleidung gewählt. Mein beigefarbener gekaufter Parka schützt mich vor abschätzigen Blicken. Er läßt mich unsichtbar erscheinen. So habe ich meine Ruhe und kann der Herausforderung, französisch zu sprechen, gelassen entgegen sehen. Hier trägt kaum ein weibliches Wesen etwas Anderes als Pelz und sündhaft teure Pariser Modemarkenkleidung. Keiner von diesen unangenehmen Super Snobs beachtet mich. Ich gehe spazieren und sitze ungeniert in Cafés herum,. Die Landschaft ist eine Sensation für mich und ich bin total glücklich, dass ich so viel Schwein gehabt habe, hier zu landen. Ich fahre in Strickjacke und Jeans Ski . Auf einem Photo sitze ich fröhlich in einem Lift. Tollkühn benutze ich irgendeinen Schlepplift, erwische gerade den, der nicht auf den Gletscher führt, und fahre vergnügt den Berg hinab.

Meine „Madame" ist gerade mal ein Jahr älter als ich, 22 Jahre alt, besitzt mehrere Boutiquen, eine in St Tropez und eine in Nîmes. Sie hat ein kleines Baby von ungefähr acht Monaten und einen Mann, einen Einkäufer für Boutiquen wie die Ihrige. Ich kann kaum glauben, sie sich verwandeln zu sehen, wenn sie sich zurechtgemacht und geschminkt hat. In der Wohnung läuft sie ungeschminkt und in legerer Kleidung herum. Wenn sie sich geschminkt und gestylt hat, sieht sie unglaublich attraktiv aus. Jedes Mal bin ich wieder erstaunt über die Verwandlung vom Aschenputtel in eine auffallend schöne Prinzessin. Mir gefällt das Leben. Ich genieße alles Französische, das Essen, den Wein, den sie zu jedem Essen trinken, mit Wasser verdünnt . Ich sauge alles in mich auf. Kälte, Schnee, ultrablauen Himmel auf zweitausend Meter Höhe, und vor allen Dingen, die französische Sprache. Ich traue mich kaum zu reden, weil sie so schnell und viel sprechen, neben mir her, über mich hinweg. Nach ein paar Wochen ziehen wir weiter nach Nîmes. Ich schlendere durch die Altstadt, wieder so viel Neues! Ostern weht der Mistral und es ist schneidend kalt. Mir macht das nichts aus. Dann geht es zurück nach Paris und meine Zeit bei der Familie ist zu Ende.

Ich entschließe mich, längere Zeit in Paris zu bleiben, auf eigene Faust, und bitte die Familie, nach einem Zimmer für mich Ausschau zu halten. Es klappt. Ein befreundeter Zahnarzt hat im 12. Arrondissement ein kleines „Chambre de Bonne", das leer steht. Klein und völlig verdreckt, kaum möbliert, Klo auf halber Treppe abwärts, aber immerhin ein Waschbecken im Zimmer, miete ich es für einhundert Franc. Das ist nicht wenig Geld für ein solches Loch, aber ich bin glücklich.

Ich bewege mich wie selbstverständlich in Paris, als ob ich es schon lange kenne, fahre jeden Tag mit der Métro zum Boulevard Raspail zur Sprachschule, lerne zwei Schweizerinnen kennen, mit denen ich abends durch Paris streife, vornehmlich im Quartier Latin. Jedes Wochenende kommt mein Freund mich besuchen. Wir haben nicht viel Geld, ernähren uns hauptsächlich von Salade Niçoise, den wir auf dem Zimmer in einer großen blauen Schüssel zubereiten. Unten im Haus ist eine Bäckerei. Morgens steigt verführerisch der Geruch nach Baguettes und Croissants hinauf zu uns unterm Dach im fünften Stock. Ins Kino gehen ist zu teuer, es kostet zehn Franc pro Person. Aber die Comédie Francaise kostet nur zwei Franc fünfzig, ganz oben im letzten Rang, wo ich schon ein bisschen Höhenangst kriege, wenn ich hinunter auf die Bühne schaue. Wir sehen „Cyrano de Bergerac" und ich übersetze alles meinem Freund. Meistens halten wir uns in dem kleinen Viertel um die rue de la Huchette auf, wo ein arabischer Imbiss neben dem anderen köstliche Beignets,

Fettgebäck, oder sogenannte casse croûtes, Brötchen mit Salaten der arabischen Küche anbietet. Die daneben liegenden Restaurants mit ihren Grillades genießen nur unsere Augen.

Einmal finden wir auf der Straße zehn Francs und setzen sie sofort in Essbares um, kommen uns vor wie Glückspilze.

Allein gehe ich häufig in den Louvre und sehe mir nur wenige Gemälde oder Skulpturen an, die Fülle erschlägt mich.

Ich lese „Le ventre de Paris" , Der „Bauch von Paris", von Zola und bin verzaubert von der Gegend um die Hallen herum, „les Halles"

Oft laufen wir in und um die Hallen herum, sehen die Schlachter hantieren und die riesigen Fleischstücke schleppen, wie Jack Lemmon im Film „Irma la Douce".

An meinem Geburtstag trinken wir Sekt während wir durch die Hallen schlendern.

Die Schlachter werfen nach uns mit

Fleischstücken.

Ein wunderbarer Anziehungspunkt ist das „Pied de Cochon". Spät nach Mitternacht tafeln die Reichen und Schönen im ersten Stock und verspeisen Köstlichkeiten. Unten stehen die Schlachter in blutverschmierten Kitteln und trinken ihr Glas Rotwein. Ich kann mir nicht vorstellen, jemals an so einem Tisch im ersten Stock zu sitzen, es mir jemals leisten zu können. Nachts gehen wir viele Kilometer zu Fuß nach Hause, manchmal bis zur Morgendämmerung. Mein Freund kommt per Auto, also lernen wir Paris auch von dieser Perspektive her kennen. Den Place de L'etoile mit seinen sechs oder acht Spuren, auf den man mutig rauf fahren und sich quer zur richtigen Ausfahrt durchschlängeln kann, eine Herausforderung, die immer wieder Spaß macht. Auf der einen Seite der Seine die Einbahnstraße in die eine Richtung, auf der anderen Seite in die andere Richtung. Mein Freund kann sich gut orientieren, bald haben wir das Gefühl, uns aus zu kennen.

In der Woche ziehe ich mit den zwei Schweizerinnen los. Wir gehen auch mal in eine Disco. Es sind unglaublich gutaussehende Schwarzafrikaner unterwegs, sehr groß , ausgesprochene Schönheiten . Man sieht sie vor allen Dingen in den Discos. In einer höre ich zum ersten Mal das Lied „Proud Mary" Die Musik geht mir durch und durch, wie die Soul Musik 68 in Freiburg. Wilson Picket, "Land of thousend dances", "When a man loves a woman" von Percy Sledge. der Zeit traue ich mich noch nicht allein oder mit Freundinnen auf die Tanzfläche, aber die Musik dringt auch so durch Seele und Körper.

Wir gehen mit einem Amerikaner in eine Bar und ich trinke meinen ersten Whisky, einen Baby – Whisky, d.h. eine besonders kleine Menge, aber davon dann zwei. Einmal lerne ich einen blonden Araber kennen mit seinen zwei Brüdern. Sie laden mich zum Essen ein in ein arabisches

Restaurant. Wir essen Couscous. Sie leben schon lange in Frankreich. Auf der Rückfahrt mit der Métro steigen die zwei Brüder aus und mein Begleiter bleibt mit mir sitzen. Sie werfen sich vielsagende und etwas neidische Blicke zu. Ich bin naiv und gehe davon aus, dass mein Begleiter den Gentleman spielt und mich nach Hause bringt so spät am Abend, obwohl ich mich in Paris am Abend keineswegs fürchte, weniger als in Deutschland. Es ist die ganze Nacht etwas los auf den Straßen. Mein Begleiter bringt mich in den fünften Stock und erklärt mir, dass er mit mir ins Bett will. Das sei in Frankreich so üblich, wenn eine Frau sich zum Essen einladen ließe. Ich habe keine Angst und erkläre standhaft, dass ich einen Freund hätte und sonst mit keinem Jungen schlafen wolle. Er versucht mich zu überreden, erst vorsichtig, dann immer bedrängender. Ich weigere mich standhaft. Irgendwann zieht er verärgert ab.

Das Geld ist knapp, in meiner

Sprachschule finde ich einen Anschlag vor: Putzhilfe gesucht. Ich stelle mich vor und werde sofort genommen. Ab sofort reise ich zweimal in der Woche nach Montmartre, in ein wunderschönes großes Appartement, und sauge Staub, wasche einen riesigen Berg Geschirr ab und mache die Badezimmer sauber. Meine Arbeitgeberin, eine lebhafte Engländerin , ist zufrieden mit mir und fragt mich, ob ich sie im Sommer für zwei Monate in ihr Haus an der Côte d'Azur begleiten möchte, als au pair Mädchen. Ich fühle mich wieder, als ob ich das große Los gezogen hätte. Zwei Monate Côte d'Azur, in einer Villa!!

Ein wenig muss ich meinen Vater überreden, der natürlich der Meinung ist, nun solle ich noch nach England als au pair gehen, da ich ja auch englisch studiere.

Ich erkläre ihm, dass die Madame Engländerin sei und dass wir dann englisch sprechen würden, was wir allerdings keineswegs tun. Ich bekomme gerade Spaß daran, mich immer besser auf französisch auszudrücken.

Ich bin weit weg und sehr selbstständig, so dass er einlenkt und mich machen lässt.

So lange ich dein Mädel bleibe und keine erotische Französin werde, erlaubst du es mir, Papa?

Durch den Kontakt zu meiner Boutiquen Madame bekomme ich Zutritt zu großen Marken wie Cacharel und ähnlichen Modehäusern. Stolz betrete ich diese Luxuspaläste und bekomme aufgrund meiner Beziehungen Prozente. Ich erstehe eine Seidenbluse in zarten Grüntönen und einen dunkelblauen Minirock mit Falten, mehr kann ich mir nicht leisten. Diese Teile trage ich wie kostbare Schmuckstücke.

Spaghetti Träger und Empire-Mode

In dieser Zeit sind Kleider beliebt, die eine Naht unter dem Busen haben, so genannter Empire Schnitt in Anlehnung an die Kleider der Damen in der napoleonischen Zeit.
Empire - Stil ist z.B., ein gestreiftes Oberteil zu stricken und den Teil unter der Brust aus einfarbigem Stoff zu nähen. Ich habe mindestens zwei Kleider davon.. Die Kleider haben kurze Ärmel. Ich erweitere den Stil noch, indem ich einfarbige, gemusterte, ärmellose Oberteile stricke, eins in hell-türkis, mit einem Stoffteil in der gleichen Farbe. Es sieht hübsch aus und ich bin entzückt und stolz, wenn mir so ein schönes Stück gelungen ist.
Als Au-Pair Mädchen an der Côte d'Azur trage ich zwei Kleider aus leichtem Baumwollstoff mit Spaghetti-Trägern, auch unter dem Busen eine Naht und - natürlich- Mini.

Inzwischen ist die Mini - Mode weit
über das Knie hinaufgeklettert.
Ich hole meinen Freund ans
Mittelmeer, indem ich kühn behaupte,
er könne die Terrasse bauen, die vor
der Villa entstehen soll. Tatsächlich hat
mein Liebster bisher nur mal ein paar
Platten verlegt im Garten seiner
Eltern. Sich selbst einiges zutrauend
und froh, aus der Hochofen Hitze des
Kupfer - und Drahtwerkes zu
entkommen, wo er jobbt, sagt er zu
und macht sich mit seinem kleinen
VW Käfer auf die lange Reise ans
Mittelmeer. Es ist eine schöne Zeit,
tagsüber unseren Beschäftigungen
nachzugehen und abends an die Küste
zu fahren und uns zu vergnügen.
Ich laufe den Berg hinunter, immer
den Weg entlang von der Villa zum
Strand. Einen halben Tag habe ich frei,
meistens nachmittags. Von der Villa
aus hat man einen Blick aufs Meer. Die
Sonne ist heiß und ich fühle mich
wohl, den Berg hinauf – und hinunter
zu klettern. Am Strand gehe ich ins
Wasser schwimmen und lese.

Manchmal muss ich Stunden in einem Café warten, um telefonische Verbindung nach Deutschland zu bekommen. Ich rede viel mit meiner Madame. Irgendwann träume ich das erste Mal auf Französisch. Sie bringt mir das Kochen bei: Ratatouille, ihre Spezialität: Gigot de Mouton (Lammkeule) . Ich spicke die Lammkeule mit Knoblauchzehen und sie legt sie mit Kartoffeln und Gemüse in den Backofen. Einmal gibt es Hummer. Sie erklärt mir, dass sie den Hummer lebend in das kochend heiße Wasser werfen muss. Wir sind beide ganz aufgeregt, aber letztlich macht sie es natürlich. Zum Hummer wird eine Mayonnaise gereicht, die köstlich schmeckt. Der kleine Alexis ist ein Wonneproppen mit viel Schalk im Kopf. Er sitzt nackt auf der steinernen Bank und sagt: „Je veux de la viande, là" „Ich will Fleisch, und zwar dorthin" dabei zeigt er mit seinem Patschhändchen auf seinen Teller. Das kriegt er natürlich auch.
Bébé trägt keine Windeln, sondern

besitzt etwa hundert Höschen. Er steht meistens im Laufstall. Von Zeit zu Zeit macht er „caca" und „pipi". Da heißt es, hurtig den Bengel schnappen, und ab mit ihm unter die Dusche. Anschließend die Plastikunterlage sauber machen. Ich hab bald Routine darin und finde es normal, dass er keine Windeln trägt. Oft habe ich ihn auf dem Arm, aber es passiert nie etwas. Die Kleinen spielen im Auto meines Freundes, im kleinen grauen Käfer. Manchmal ist es auf dem Rücksitz nass. Dann sagen sie „Bébé a fait pipi dans la voiture." „Bébé hat ins Auto gepinkelt." Darüber amüsieren sie sich köstlich. Madame erzählt, dass sie den Ältesten aufgeklärt hat, dass Frauen kein „Pipi" haben. Einmal stehen sie in Paris in einem großen, vollen Aufzug, der in Montmartre zur Métro führt, und der Ältere sagt erstaunt: „Toutes ces mesdemoiselles n'ont pas de pipi?" Alle
 diese Fräuleins haben kein Pipi?"

Wir fahren nach Cannes und Nizza und entdecken in Cannes ein schönes Restaurant, ganz nach unserem Geschmack. Nizza ist mir zu pompös, aber Cannes hat Charme. Die Küste ist noch nicht ganz so verbaut wie heute. Es gibt zauberhafte Dörfer, z.B. „Cogolin". Immer wieder genieße ich die die Tatsache, dass wir bei Franzosen wohnen und keine Touristen sind. Im Gegenteil, wir arbeiten ja beide.

Die Terrasse wächst und wird bald fertig sein. Die Familie fährt zurück nach Paris, wir dürfen noch in der Villa bleiben, ein paar Tage. Wir machen Urlaub mit Freunden, dann geht es zurück nach Deutschland, diesmal wieder nach Freiburg, wo ich mein Examen machen werde und mich anschließend als Lehrerin einstellen lassen möchte.

Der hellblaue Wintermantel

Osnabrück, d. 20.Dezember 1969

Ihr Lieben!
Schönen Dank, lieber Hinnerk, für
deinen ausführlichen Brief!
Ihr habt ja allerhand Pläne. Also ohne
Fernsehen ist das Leben nicht
erträglich? Toll! Aber was sein muß,
muß sein. Neues Auto! Und dann
noch Außenanstrich! Empfiehlt sich
denn das im Winter? Na, Eure Sorgen!
Wann soll denn die Taufe sein? Wir
möchten es gern wissen wegen J.
Annchen wird die ganze Zeit hier sein.
G. und A. kommen zum hl. Abend
und für die Weihnachtstage.
Schade, dass ihr nicht kommt, aber
das geht ja nun mal schlecht, dann
kommt ihr eben im Frühjahr oder
Sommer.

Herzliche Grüße Euch allen

Mutter und Vater

Schon das ganze Jahr 69 lang sieht mein Vater schlecht aus. Er wird immer dünner und wirkt zusammengefallen. In der Schule bricht er häufig zusammen und muss nach Hause gebracht werden. Es ist sein letztes Jahr vor der Pensionierung. Er ist 64 Jahre alt. Nach der Pensionierung möchte er ein Buch schreiben. Tief im Innern glaube ich, dass er Angst vor der Zeit danach hat. Er spricht davon, dass er vor meiner Mutter sterben möchte.

Im Februar 1970 kommt er ins Krankenhaus. Ich bin in Freiburg und habe kein gutes Gefühl, aber ich fahre nicht nach Hause. Meinen Vater im Krankenhaus zu sehen, bringe ich nicht übers Herz. Ich ahne, dass er dort nicht wieder herauskommt, lebend.

Eines Abends ruft mein Bruder mich an und erzählt mir, dass mein Vater tot ist. Gestorben sozusagen in seinem und meiner Mutter Beisein. Eben nicht in ihrem Beisein. Er hatte einen Anfall und der Arzt bat sie beide hinaus. Hinter verschlossener Tür hörten sie ihn laut schreien. Als die Tür wieder geöffnet wurde, war mein Vater tot. Mein Bruder ist 34 Jahre alt und ich bin 23. Er ist noch schockiert und entsetzt von dem Erlebnis.

Ich gehe wieder in mein Zimmer, bin allein, mein Freund ist nicht da. Ich verfalle in eine Trance, werde gefühllos. Habe ein seltsames Gefühl der Befreiung ohne Schuld zu empfinden. Ich trinke mehrere Gläser Likör und gehe schlafen.

In Osnabrück angekommen, schlafe ich im Bett meines Vaters, damit meine Mutter nachts nicht allein ist. Es ist seltsam. Ich fühle nichts, tue diesen Gefallen für meine Mutter. Ich stehe unter Schock, erlebe alles wie eine aufgezogene Puppe. Um etwas Anfassbares zu haben, ein Erinnerungsstück, ziehe ich den hellblauen Mantel zur Beerdigung an, den er mir noch kurz vorher geschenkt hat, d.h. bezahlt. Ich weiß nicht, ob er

ihn je gesehen hat. Es ist das einzige
Mal, dass ich meinen Vater um Geld
für ein Kleidungsstück gebeten habe:
Ein hellblauer Wintermantel, auf Taille
gearbeitet, aus wunderschönem
weichen Wollstoff, mit einem
hellgrauen Pelzkragen. So ein
kostbares Stück habe ich noch nie
besessen. Komisch, dass ich dafür
meinen Vater angerufen und ihn um
finanzielle Unterstützung gebeten
habe. Er war sofort einverstanden und
ich trage diesen Mantel wie eine
kostbare Kette. In diesem so gar nicht
der Trauer angemessenen
Kleidungsstück erscheine ich zur
Beerdigung. Die Verwandten
registrieren es erstaunt, sagen aber
nichts.
Mir ist nicht bewusst, was ich tue und
es ist mir auch nicht peinlich. Erst
hinterher hab ich mich manchmal
darüber gewundert und über mein
Verhalten nachgedacht. Wollte ich ihm
noch sagen: Guck mal , Papa, so
pariserisch kann ich sein, und du hast
sogar dazu beigetragen!

Er konnte nicht mehr antworten. „The answer, my friend,"
Was hab ich von seinem Leben gewusst, vom Leiden an seiner Kriegsverletzung, von seinen Ängsten, Depressionen?
Der Schock seines plötzlichen Todes weicht lange nicht und geht in eine Kaninchenstarre bezüglich der Gefühle gegenüber meinem Vater über.
Der Schrei meines Vaters lässt mich lange nicht los. War es ein Schrei nach jahrelanger Unterdrückung seiner Schmerzen? Seines Kummers und unterdrücktem Entsetzen?
Dabei wirkte er friedlich und zufrieden in seinen letzten Jahren. Ein Schrei nach Erlösung?
Welchen Leidens? Der Bewegungslosigkeit des Körpers, nach jahrelanger Betäubung durch regelmäßigen Alkoholkonsum? Der Bewegungslosigkeit seiner Seele, seiner Gefühle, die er auf Sparflamme hielt?
Nach Jahren versuche ich mir immer

wieder vor zu stellen, was passiert wäre, wenn ich ihn- und mich- weniger schonungsvoll behandelt hätte, ihn mit mir und meinen Gefühlen konfrontiert hätte, ihm Fragen gestellt hätte, versucht hätte, ihn zu verstehen, und - sein Verständnis für mich zu erwirken? Diese Vorstellung bleibt ein leeres Buch, der Vorhang bleibt geschlossen, ich muss mit der unvollendeten Beziehung weiterleben.

Der hellblaue Mantel sieht so unschuldig aus, hell, rein und fein. Ein wunderschöner weicher Wollstoff mit Pelzkragen, ein Mantel für eine Prinzessin.
Ach Papa, wie sagtest du noch immer, wenn ich mich als kleines Mädchen auf deinen Schoß setzen wollte? Nicht darauf, hast du gesagt, das ist das Holzbein. Dann habe ich immer scherzhaft gefragt: Ist das das Holzbein? Oder das andere?, wenn ich zu dir kam. Abends sollte ich dir immer ein Küsschen geben zur guten

Nacht. Später mochte ich es nicht mehr, du hast es auch nicht verlangt, aber es war Gewohnheit. Es einfach zu lassen, hätte ich mich nicht getraut, aus Angst, dich zu kränken.

Mensch, Papa, irgendwie waren wir doch aus einem Holz geschnitzt, wir beide. Dein Frankreich, deine Begeisterung für die französischen Philosophen, die Literatur, die Frauen, gleicht ein bisschen einer Idealisierung. Und dann, die Gefangenschaft. Du hörtest, wie ein Arzt vor dir stand und sagte, dass es schlecht um dich stand. Dann hast du dich aufgebäumt und gerufen: „Ich muss nach Hause, ich habe eine Familie!" Das hat dich gerettet, glaubtest du. Dein eigenes Leben war dir nicht genug wert, es war deine Rolle als versorgender Ernährer und Familienvater, die Liebe zu deiner Frau und deinen Kindern.

Einer Krankenschwester hast du das Photo von deiner Familie gezeigt und sie hat dir ein paar Brocken zu essen zugesteckt, damit du nicht verhungertest. Und dein geliebtes Französisch, wie schwer fiel es dir, es in Gefangenschaft zu sprechen, obwohl es dir doch sicher geholfen hat. Jedenfalls ist es dir in der Schule später schwer gefallen, zu unterrichten, weil es die Sprache des Feindes war, der dir dein Bein genommen hat? Gleichzeitig das Land und die Menschen, die du bewundert hast? Ich kann nur ahnen, was sich bei dir alles in deinem Innern abgespielt haben mag.

Um mich brauchtest du dir keine Sorgen zu machen, es war auch nicht mehr viel Energie da, um dir Sorgen zu machen, die war bei vier Kindern einfach aufgebraucht. Aber irgendwie war es ja auch gut, dass du mir so viel zu getraut hast. Annchen, die macht es schon, dein Lütten, das dir die Flasche Bier aus dem Kühlschrank geholt hat. „Lütten, hol mir mal ein Bier." Ich hab's gerne gemacht, Papa, dein gutmütiges Lächeln hat mich belohnt. Manchmal war ich sogar ein wenig frech und hab gesagt. „Schon wieder?"

Dann hast du mir spaßeshalber
gedroht und ich war ganz vergnügt.
Ins Poesiealbum hast du mir
geschrieben: „Hilf dir selbst, dann hilft
dir Gott"
Diesen Spruch hab ich befolgt und dir
auch manchmal übel genommen, weil
ich den Verdacht habe, dass das ein
Trick ist. Ich soll alles selbst machen
und Gott, der geht dann zu den
anderen. Das ist nicht fair, Papa!
Aber eigentlich bin ich ganz gut damit
gefahren.
Trotzdem, ich vermiss alles, was
zwischen uns nicht gelaufen ist!
Wünsch dir Ruhe und Frieden im
Paradies der fürsorglichen
Familienväter.

Mini - Midi - Maxi

Zurück in Freiburg, bereite ich mich
auf mein erstes Examen vor. Zuerst
eine Semesterarbeit schreiben über
„Die Ironie als stilistisches und
kompositorisches Mittel in Voltaire's
>Zadig< ". Zadig lebt in der „besten
aller möglichen Welten", es
widerfahren ihm aber immer wieder
Unglück und missliches Geschick, das
meistens durch Dummheit,
Aberglaube und religiösen Wahn
seiner Mitmenschen ausgelöst wird.
Seine Ironie als Ausdruck der
Vernunft, der Ratio und des
Verstandes ist das hohe Lied der
Aufklärung.
Ich bearbeite das Thema mit viel Spaß
und Freude, denn Ironie liegt mir. Das
Spiel des Geistes, Esprit, Sprache, das
ist typisch französisch.
Ermuntert durch eine gute Bewertung
der Arbeit bereite ich mich
diszipliniert auf meine Prüfung vor.
Den ganzen Tag lernen, morgens früh
aufstehen, zwischendurch eine Runde

spazieren gehen einmal um den Schlossberg, vom Greiffeneggschlössle am Cafe Dattler vorbei und hinten herum wieder zum Greifeneggschlössle zurück.

Meine Mutter kommt nach dem Tod meines Vaters für vier Wochen zu Besuch, so verbringt sie ein paar Monate nacheinander bei ihren Kindern um nicht allein zu sein.

Ich richte mich langsam auf ein Leben nach dem Studium ein, bereite mich auf die Berufstätigkeit als Lehrerin vor.

Alles, was knielang ist, Strickjacken, die ich noch aus Paris besitze, Mäntel, verlängere ich mit raffinierten Fransen und Kunstpelzstreifen auf Midi – Länge, so heißt das jetzt, also etwa wadenlang.

Ich nähe mir eine Maxi –Patchwork – Lederweste, die ich als Schnittmuster in der „Brigitte" finde. Ein Prachtstück. Außerdem nähe ich mir kleine Fellwestchen für die langen Röcke, passend dazu Hals - und Armbänder aus Fell. So langsam

wird mein Dasein wieder etwas
eintönig. Der Freiburg Rausch ist
vorbei, mein Vater tot, ich werde
erwachsen. Ich habe keine Ahnung,
was mir in den nächsten Jahren an
Turbulenzen bevorsteht, die alle meine
Vorstellungen, die Welt meines
behüteten Daseins überschreiten
werden.
Zuerst mal scheint es so, dass ich in
die Fußstapfen meines elterlichen
Vorbildes eintrete.
Mein Alltag wird zur liebgewordenen
Gewohnheit. Lernen, lernen, spazieren
gehen, auf dem Trimm-dich-Pfad mit
Freunden laufen. Abends Doppelkopf
spielen mit Freunden, essen gehen.
Das Studium neigt sich dem Ende zu.
Ich bin froh darüber.
Noch immer bekomme ich nichts mit
von den Studentenunruhen, die
inzwischen schon zur Gewohnheit
werden. Kommunen und
Wohngemeinschaften bilden sich.
Ich scheine ohne Stocken in die
bürgerliche Schiene zu gleiten, ohne
die Parallelwelt zu berühren. Ein

Stück der müden elterlichen
Bedrücktheit holt mich ein, zielstrebig
gleite ich voran.
Erst einmal das Examen, wovon soll
ich sonst leben? Wovon sollen wir
leben, mein Freund und ich?
Ich schaffe die Prüfung, mit einem
Einknicken in der mündlichen
Prüfung in Englisch und einer
lockeren Prüfung in Französisch, in
der ich über Voltaire parliere und mich
in meinem Element fühle.

In der Referendarzeit müssen wir
Vorführstunden halten. Ich bewundere
eine Kommilitonin, deren Stunden
super gut laufen. Sie ist so sicher und
alles läuft wie geschmiert. Bei mir
klappt es nicht so gut. Ich weiß nicht,
woran es liegt. Einmal suche ich ein
Lied aus: „Au clair de la lune" Die
Stunde gelingt mir besonders gut. Ich
fühle mich in meinem Element, bereite
mich lange vor, gestalte ein Plakat, das
den Inhalt des Liedes illustriert, spiele
die Kassette mit dem Lied vor. Das ist
meine Welt, aber ich erkenne es noch

nicht so richtig, ziehe noch keine
weiteren Konsequenzen. Zuerst mal
werde ich Berufsanfängerin und habe
genug zu tun, zumal ich eine Stelle in
Grenzach/Wyhlen, in der Nähe der
Schweizer Grenze bekomme, sechzig
km von Freiburg entfernt. Ich miete
mir ein Zimmer mit einer Kollegin
zusammen, d.h. sie hat eine Wohnung
gemietet und ich habe ein Zimmer
darin.

Das rot-weiße Wickelkleid

1972 fängt meine Schulkarriere an. Ich verdiene Geld und kann mir schöne Sachen endlich mal leisten, wodurch meine Kreativität im Hinblick auf das Nähen beschränkt wird. Hin und wieder mal einen Rock, und einen wunderschönen Gürtel sticke ich mir in sehr leuchtenden Farben, irgendwie indianisch, natürlich nach Brigitte Muster. Einen anderen Gürtel, aus Lederschnüren geflochten, mit silbernen Ringen und Karabinerhaken, dazu Arm- und Halsbänder. Ein sehr geliebtes Stück ist mein Mini Wickelkleid in knallrot-weißem Muster. Ein Wickelkleid hab ich mir noch nie genäht, und rot, mit weißen Blumen, ist nicht meine bevorzugte Farbe. Aber es sieht sehr sexy aus. Ein neues Gefühl. Ich erinnere mich an eine Liebesnacht mit einem super body gebuildeten Sportlehrer. Eigentlich will er meine Mitbewohnerin besuchen in Wyhlen-

Reinfelden, wo ich zeitweise wohne,
um nicht jeden Tag über sechzig km
von Freiburg fahren zu müssen. Ja,
etwas unterhalten, danach Wein
trinken, und so landen wir schnell
und ohne Mühe im Bett. Nur dass der
junge Gott mich auch noch später in
meiner WG besucht, ist mir etwas
peinlich. Ich will daraus im wahrsten
Sinne des Wortes keine Affäre machen.
Das rote Wickelkleid ist jedenfalls ein
Glücksgriff gewesen, nicht nur im
Sinne von wie- angle- ich- mir- den-
schärfsten- Lover?
Mir geht's gut, ich verdiene nicht
schlecht.
In Rheinfelden ist es etwas langweilig,
aber ich gehe sehr gern im Supermarkt
Migros einkaufen. Die Joghurts
schmecken besser und überhaupt gibt
es interessantere Lebensmittel als bei
uns.
Abend für Abend sitze ich und bereite
mich auf den Unterricht vor.
Zum Korrigieren fahre ich am liebsten
auf eine blühende Wiese, besonders
im Monat Mai. So viele blühende

Blumen auf einer Wiese hab ich noch nie gesehen. Ich fahre in die Berge und setze mich auf eine Decke zum Korrigieren. Wenn die Schüler ihren Dialekt sprechen, verstehe ich kaum ein Wort. Wir wollen einen Ausflug machen und sie reden ständig von „Klöpferbrote" Ok, sag ich, nehmt sie doch mit, eure Klöpferbrote. Es stellt sich heraus, dass mit Klöpfern Würstchen gemeint sind, die sie „brote" also braten wollen. Wir lachen über das Missverständnis. Nun bin ich also eine gestandene Frau Lehrerin, oder Fräulein? Mit fünfundzwanzig fühle ich mich noch sehr jung und unerfahren. Das Kollegium besteht aus ungefähr zehn LehrerInnen, die alle in Häuschen wohnen, Kinder haben, und deren Welt wunderbar in Ordnung ist. In Freiburg dagegen bricht gerade die Revolte nach der Revolte los, immer mehr Wohngemeinschaften entstehen. Es gibt jetzt den kommunistischen Bund Westdeutschlands und viele maoistische Splittergruppen.
Ich fange an, in parallelen Welten zu

leben. Hier die spießige Kleinstadt mit ihren festen Strukturen und ewig kleinbürgerlichen Werten, dort die Nachwehen der 68er mit ihren Umwälzungen der Lebensformen. Sie rollen an wie eine Walze oder eine Woge. Meine Parallelwelt wiederum ermöglicht es mir, immer mal auf den Wellen zu tanzen um dann wieder sicheren Boden zu betreten, sicheren Boden einer geregelten Tätigkeit und finanzieller Unabhängigkeit.

Mein Freundeskreis krempelt sich komplett um. Durch das Examen und die anschließende Berufstätigkeit werden meine Schulfreundinnen in alle Richtungen verstreut, nur ich bleibe in Freiburg. Außerdem wohne ich jetzt mehr mit anderen auf einer Etage, daraus entwickelt sich langsam so etwas wie eine Wohngemeinschaft. Ich übertrete eine Schwelle. Die Welle der Begeisterung erfasst mich mal schneller, mal langsamer. Etwas Neues in meinem Leben bahnt sich an.

Das rote Kleid ist etwas Neues: Es ist hübsch und sexy, und rot leuchtend.

Im Kino sehe ich : „Klute",
„Clockwork Orange", „Harold und
Maude"

In „Clockwork Orange" bin ich
fasziniert und abgestoßen von der
Darstellung der Gehirnwäsche und
Manipulierbarkeit des menschlichen
Charakters und erkenne auch die
Kritik daran. „Harold und Maude" .
Die Freiheit der Beziehung begeistert
mich.

„Klute" mit Jane Fonda und Donald
Sutherland ist für mich die Thriller
Version der Komödie „Irma la Douce"
Andererseits fasziniert mich die
Entwicklung der Beziehung zwischen
beiden, dem Polizisten und der
Prostituierten.
Die Figur der „Bree" macht mir ein
wenig Angst. Eine intelligente
Prostituierte, die zur Therapie geht
und für Männer nichts empfindet.

Und ich sehe „Der letzte Tango in

Paris" von Bertolucci, mit Marlon Brando. „Ultimo Tango a Parigi" Ich finde den Film düster und doch faszinierend. Die Psyche eines alternden Mannes, Marlon Brando, und die Beziehung des jungen Mädchens zu ihm; die brutalen Sexszenen verstehe ich nicht. Die Anwesenheit von Zerrissenheit, Schwäche. Er erinnert mich an die Ingmar Bergmann – Filme, irgendwie.

Wir ziehen wieder einmal um. Das ist jetzt schon WG-ähnlicher als vorher. Das heißt, dass man nicht einfach Zimmer mietet, sondern die anderen Mitbewohner suchen sich jemand aus, den sie nett finden oder der zu ihnen passt. Wir kochen manchmal zusammen und lesen sogar zusammen Marx. So eine Art Marx-Schulungs-Gruppe. Wer dazugehören will, muss eigentlich schon Karl Marx und seine Theorien verstehen. Ich selbst hatte ja schon in der Schulzeit Seminare besucht über Wirtschaftstheorien, darunter auch die von Karl Marx.

Jetzt, wenn wir im „Kapital" lesen, ist es sehr spannend und lehrreich, einiges auch schwer verständlich und erfordert ein intensiveres Studium. Dazu haben wir alle nicht wirklich Lust und nehmen uns auch nicht die Zeit. Wir wollen leben, unsere Energien fühlen, Intensität, Spaß haben. Eigentlich geht es auch ums Diskutieren, um die Zusammengehörigkeit, über die vielen neuen Leute, die man kennen lernt. Alle sind irgendwie Freunde, gehören zusammen. Auch wenn gesoffen und gekifft wird, es gehört dazu. Wir mieten zu acht ein Haus in den Bergen, dort tagen Arbeitsgruppen, wird gebaut, eingerichtet, gestrichen und Freizeit verbracht. Keine Kleinfamilie, sondern eine Art lockeres Kollektiv. Die Kleinfamilie, wie es genannt wird, Großfamilie kommt gar nicht vor, bekommt den Stempel der Verursacherin allen Übels. Wir merken noch nicht, dass sich auch in der WG Rollen einschleichen, Vater, Mutter, Kinder, oder Kämpfe um die

autoritäre oder zumindest mächtige
Vaterrolle. Manchmal wird darum
gestritten, wer das Sagen hat. Aber
die Fluktuation und auch zahlreiche
Außenkontakte lassen das Gefühl von
Freiheit aufblühen.
Plötzlich lernen wir mehr und mehr
Leute kennen. Die Auswahl wird
immer größer und Sympathien finden
sich.

Nach einem Jahr werde ich an die
Realschule Müllheim versetzt.
 Es ist eine wesentlich liberalere
Schule. Hier sind neue Ideen und
moderne Pädadogik willkommen.
Alles ist in Bewegung, die 68 er Zeiten
haben Steine ins Rollen gebracht.
Außerdem befinde ich mich mitten in
der sexuellen Revolution. Der Slogan
„Wer zweimal mit der Gleichen pennt,
gehört schon zum Establishment" tritt,
zumindest vorübergehend auch in
unseren Kreisen den Siegeszug an.
Vorsichtig erst, und dann kommt der
Stein ins Rollen. Nicht, dass es uns
besonders glücklich macht, aber wir

fühlen uns mutig und probieren aus.
Aids ist noch in weiter Ferne, es gibt
Pille und Spirale, also was kann uns
schon passieren? Ich fange vorsichtig
an, mich aus zu toben. Kann man sich
vorsichtig austoben? Na ja immer mal
wieder, und dann wieder früh
aufstehen, unterrichten.

Die bestickte hellblaue Latzhose

Die hellblaue Latzhose ist eine Jeans, die am Latz bestickt ist, mit Blumen. Sie sitzt eng und überlässt mir doch Bewegungsfreiheit zum Laufen. Himmelblau – verwaschen ist sie, flott und selbstbewusst fühle ich mich damit. In Südtirol stapfe ich damit auf die Berge, Wanderungen auf Dreitausendern, frische Luft und frische Energie. Diese Schule lässt mich frei atmen wie die Luft in den Bergen. Ich trinke Campari, mit und ohne Alkohol, spiele Volleyball und habe großen Spaß. Ich fühle mich losgelassen, befreit von äußeren Zwängen. Ich flirte mit den Schülern, so wie es die Kollegen mit den Schülerinnen tun, selbstverständlich, so als ob sie es mit der Muttermilch eingesogen hätten, die Attraktivität von Vater und Tochter umsetzend, im immer währenden Spiel der Geschlechter.

„Ein noch ganz kleines Mädchen, sehe

ich mich aufrecht in meinem Gitterbett stehen, als mein Vater, in großer Uniform von einem Galadiner kommend, mich an sich ziehen will und dabei mit seiner brennenden Zigarette an meine nackte Schulter gerät. Natürlich schreie ich mörderlich los, und als er, zärtlich erschrocken ob seiner väterlichen Untat, mich über und über mit Küssen bedeckt, nehme ich war – in staunender Befriedigung verstummend – dass in seinen stahlblauen Augen ganz wirkliche echte Tränen stehen." (Lou Andreas Salomé, Das zweideutige Lächeln der Erotik)

Dennoch, auch die Jungen flirten mit mir, die ich allerdings noch nicht im Alter ihrer Mutter bin, sondern 10 Jahre älter als sie selbst. Ich genieße das Spiel, ziehe mich heraus, wenn es mir zu viel wird. Die hellblaue Hose verleiht mir etwas Androgynes.
Ich trage Hosen ebenso gern wie Röcke. Die Latzhose ist etwas Besonderes, ursprünglich stammt sie

aus dem handwerklich – männlichen Bereich. Später kaufe ich meine Latzhosen in Läden für Berufskleidung. Die Hose ist praktisch und sehr bequem. Mit meiner Berufstätigkeit betrete ich die männliche Bühne, bewege mich „fachmännisch", plane meine Arbeit und übernehme Verantwortung. Dafür bekomme ich ein Gehalt, den Männern ebenbürtig. Die Latzhose stellt für mich eine Art Professionalität dar, äußerlich sichtbar, Kompetenz, Sachlichkeit, keine Schnörkel. Nur die Stickerei als kleine weibliche Verzierung und natürlich der Körper, auch etwas vermännlicht, eine schmale Taille, Busen und Beine verhüllt, nur der Po enthüllt weibliche Reize. Die männlichen Eigenschaften schaffen Beruhigung, soziale Sicherheit, Unabhängigkeit. Ich entferne mich von der weiblichen Rolle und fühle mich paradoxerweise erst jetzt frei, eine Frau zu sein. Die Frauenbewegung steht vor der Tür. Sie zögert noch, wird aber bald eintreten,

ohne an zu klopfen. Erst einen Spalt
breit, dann drängen immer mehr
Frauen durch die Tür und auf die
Straße, um sich von Jahrhunderte
währenden Zwängen zu befreien.
Bei mir steht erst mal die erotische
Befreiung im Vordergrund.

„Als ich ganz klein von
Schmerzhaftigkeit der unteren
Gliedmaßen befallen wurde, die man
„Wachstumsschmerz" benannte und
die sich nach einer Weile von selbst
verlor, erhielt ich, zum Trost für das
erneute Getragenwerdenmüssen,
kleine weiche Saffianstiefelchen mit
Goldtroddeln daran, was zur Folge
hatte, dass ich das aufhören der
Schmerzen nicht rechtzeitig
signalisierte, besonders, da mein Vater
häufig selbst mich trug. Indem diese
Fälschung des Sachverhalts als
sträflich entlarvt wurde, erfuhr ich mit
kummervollem Staunen, dass auch
meine Beine durchaus zu dem
gehörten, was ich der anderen wegen
besaß, dass ich über sie keineswegs

disponieren konnte, wie ich wollte, und dass die roten Saffianschuhchen sie nur zum Schein als meinen ausschließlichen Eigenbesitz legitimiert hatten. Immer mehr zog sich dasjenige, worüber kein anderer zu verfügen hat, von den sozusagen äußeren Gütern des Lebens ins gleichsam Unsichtbare, Unfassbare zurück,......"
(Lou Andreas Salomé, Das zweideutige Lächeln der Erotik)

Unfassbar, nicht zur Verfügung, im Besitz der Anderen? Ist es mein Körper, oder auch die Verfügung über meine Talente und Fähigkeiten, selbst über meine menschlichen Beziehungen?
Ich merke kaum, dass ich ungeübt darin bin, über mich selbst zu verfügen. Die plötzliche Verfügung und Verantwortung bin ich nicht gewohnt, oder doch? Einige Entscheidungen, die mich selbst angehen, kann ich treffen, aber jetzt geht es um andere, viele, Kinder und

Jugendliche mit all ihren
Eigenschaften, Ängsten und
Wünschen, die ich ja selbst kaum
hinter mir und auch noch nicht
verarbeitet habe
Die Zeit der Auseinandersetzung mit
dem Anderen, den Anderen, beginnt,
da hilft kein Rückzug in meine Bücher
oder in eingespielte, vertraute
Beziehungen.
Es ist eine Herausforderung, wie die
Erotik.
Es entwickelt sich so etwas wie die
Erotik der Arbeit, Leidenschaft für
eine Tätigkeit und der Wunsch nach
Erfolg.

140

Gestreifte Nickis

Frauenbewegung – die Welle erfasst
uns Frauen, Freundinnen,
Kommilitoninnen und Weitere -Innen.
Das ist schon etwas Größeres, eher ein
Tsunami, sozusagen: Das Wasser läuft
zuerst weg, so wie wir. Die Männer
sind ratlos: Wo sind sie denn nun, die
Frauen? Was, alle im Frauenzentrum?
Ach so! Na dann, und machen sich an
ihre Arbeit in ihren Zimmern, bis die
Frauen sie überschwemmen, oder die
Wohnung, oder besonders die Küche,
anschließend nämlich an die
Versammlungen im Frauenzentrum
rollen wir unweigerlich massenhaft
auf die WG Küchen zu und spülen die
Männer an den St-rand bzw sie fühlen
sich an den Rand gedrängt,
manchmal, zumindest schrumpft ihre
Bedeutung zeitweise auf unter – sous
realistische Größe. In Wirklichkeit sind
sie gar nicht so bedeutungslos, wir
verformen sie ja manchmal auf
übernatürliche Feindesgröße oder

unternatürliche Schrumpfmännchen.
Wenn's um Sex geht, können sich doch
nicht alle frauenbewegten
Frauenzimmer so umkrempeln, dass
sie mit Frauen Sex haben, also werden
sie, die Männer flugs von der über-
und unter – natürlichen Größe auf
handliche knackige Mannsbilder so
zusagen zurecht äh, wie soll ich
sagen? - gebacken.
Auf der Bühne des Lebens sehen wir
uns als Protagonistinnen, eindeutig.
Alles ist offen, alles ist möglich, ein
großartiges Aufbruchsgefühl. Nun
interessiert mich die Politik nicht all
zu sehr, die trotz Frauenpower oder
gerade wegen, da wir Frauen ja die
Macht erobern wollen, im Mittelpunkt
der Diskussionen steht. Ich bin erfüllt
und begeistert von der neuen
Bedeutung, die wir uns geben. Auch
auf unser häusliches Dasein greift
dieses Gefühl über. Wir
vergesellschaften unsere Klamotten in
einer symbiotischen Gleichmacherei
ohne darauf zu achten, dass wir ja
nicht alle gleich gebaut sind und sich

sozusagen ein natürlicher Ausschluss ergibt, der durchaus schmerzhaft empfunden werden kann und auch wird. Die Größen 38/40 führen den Siegeszug der Schönen an. Ab sofort haben wir nicht nur einen der begehrten gestreiften Nickis oder der langen Röcke, sondern viele. Unsere Stimmung wächst ins Bombastische, dadurch werden wir natürlich auch attraktiver. Macht macht sexy, das läßt sich in dieser Zeit eindeutig nachweisen. Die Männer himmeln uns an oder sind zumindest ehrfürchtig und defilieren als Verehrerschar an der Küche vorbei, manche trauen sich auch herein in die Höhle der Löwinnen, immer mit dem Risiko, zum Gespött oder zum Prototyp des Feindes herab oder herauf gewürdigt, mit Genuss zerlegt und durchaus auch mal vernascht zu werden.
Ja, die Nickis und die Jeansröcke, aus Hosen umgearbeitet, bestickt oder bepatcht, mit Blumen, wunderbar!

Bevor ich in die politisch-bewegte WG

einziehe, gibt es noch ein Problem zu lösen:

Ein Badezimmer in einer großbürgerlichen Altbauwohnung. Meine Freundin und ich sitzen in der schaumbedeckten geräumigen Badewanne und genießen die entspannende Atmosphäre. Vor uns liegt quer über der Badewanne ein Brett, darauf ein Stilleben von Weingläsern, Zeitschriften, Broschüren, einem üppig geschwungenen Kerzenhalter, Zigaretten und Aschenbecher. Aus dem Nebenraum klingt heitere Musik, Klaviermusik von Manos Hadzidakis,
"Was gibt's Neues vom Schwabentor?"
"Wir haben über deinen Einzug diskutiert. Da auch I. einziehen möchte, sie aber nur ein freies Zimmer haben, gibt es ein Problem."
"Ach, so. Und...?"
"Hallo." Eine riesige Gestalt erscheint in der Tür. E., unser Mitbewohner, stolpert, erschrocken über die

doppelte nackte Weiblichkeit, über die Schwelle und verschwindet blitzartig wieder.

"Sagt bitte Bescheid, wenn das Bad frei ist, ich muß um acht zur Basisgruppe", murmelt er beiläufig aus sicherer Entfernung.

Wir grinsen uns an und nippen an unserem Weinglas.

Meine Freundin nimmt den Faden wieder auf: "Also, S. hat gesagt, dass sie sich vorstellen könnte, mit dir das Zimmer zu teilen. Wie findest du das?"

"Ich weiß nicht. Ich finde es auf alle Fälle sehr nett von ihr. Ich bin ja Doppelzimmer gewöhnt und irgendwann wird ja auch mal wieder jemand ausziehen."

"Genau. Ich muss jetzt raus. Kommst du nachher mit ins Kino Aspirin? Es gibt einen Film über China. "

" Klar komme ich mit"

Lange Jeansröcke und Indisches

Aus Jeanshosen Röcke nähen, mit einem dreieckigen Keil vorn in der Mitte, wo der Hosenstoff nicht reicht, schön bestickt oder appliziert, dazu indische Blusen, Wickelblusen oder Andere. Eine der linksintellektuellen Geistesgrößen faszinierte mich, sein Thema war die Verbindung von Faschismus, Frauen, Sexualität. Eine neue Art, die Psychoanalyse auf Politisches anzuwenden, fand ich. Außerdem kamen so interessante Philosophen oder Soziologen wie Deleuze Guattari, Foucault und auch amerikanische Autoren vor. Erfrischend neue Denkweisen und Verknüpfungen, frech und mutig dargestellt. Ein Ausflug in intellektuelle Gefilde. Die Verknüpfung von Psychologie, Philosophie und Literatur, genial zusammengestellt. Geistreiche Diskussionen, in Denkräumen herumtollen, spielen und erkunden. Leider ist es mir nicht gelungen, den

Autoren in anregende Diskussionen
zu verwickeln Irgendwann hab ich
dann aufgegeben und mich dem
Praktischen zugewandt. Ich lernte
Gitarre spielen..
Da hieß es üben, üben, üben.
Nun war es also die Musik.

Die Wohnung atmet Jugendstil und
Bildungsbürgertum. Von meinem
Zimmer aus sehe ich in den
geräumigen Flur, der durch hölzerne
Säulen, Bögen und verglastes
Jugendstil Dekor einen eleganten An –
und Ausblick bietet. Im Flur bietet ein
zierliches Tischchen ausreichend Platz
für das gemeinsame Telefon und
achtlos gestapelte Telefon - und andere
Bücher, die noch in Benutzung sind
oder einfach liegen gelassen wurden.
Unter all dem erstrahlt als stabile Basis
ein glänzender Holzfußboden. Der
Glanz rührt weniger von sorgsamer
Pflege her als von der natürlichen
Qualität des edlen Holzes. Wenn man
die Küche betritt, könnte man als
Besucher, er oder sie, aus weniger

bildungsbürgerlichem Umfeld
stammend, darüber staunen, wie
sorglos und nachlässig, aber durchaus
nicht ohne Charme, die Dinge ihren
Platz einnehmen. Pfannen hängen an
den Wänden, rustikal und gusseisern.
Sie wenden frech ihre verwitterte und
ungepflegte Hinterseite der
Betrachterin, vielleicht einer Mutter,
die zu Besuch gekommen ist, zu. Um
die Spüle herum stapelt sich
schmutziges Geschirr. Die diversen
Speisereste können entspannt vor sich
hin trocknen, sie werden sich in Ruhe
ihrer natürlichen Veränderung
hingeben können, ungestört von
putzwütigen Übergriffen mit Wasser
und Spülbürsten. Auf dem Tisch
ruhen benutze Becher,
Marmeladengläser, Eine chromfarbene
Thermokanne mit vermutlich noch
enthaltenem Kaffee, Margarinebecher,
geöffnet und ungeöffnet. Der
Schwerpunkt der Aktivität der
BewohnerInnen ist an den Wänden
unschwer zu erkennen. Dort hängen
politische Plakate, mehrere geben

Auskunft über das Kino Aspirin.
Dieser seltsame Name rührt von
einem Zitat des salvadorianischen
Lyrikers und Revolutionärs Roque
Dalton: „Der Kommunismus wird sein
(unter anderem) ein Aspirin von der
Größe der Sonne"

Das grüne Sommerkleid.

Nach Griechenland fahren über Land
mit dem VW Cabrio, dann die Fähre
von Ancona nach Patras, das mache
ich zwei Mal, mit Freundinnen. Dort
treffen wir viele andere Leute, Sänger,
Theaterleute, Musiker, Komponisten.
Ich finde das toll, bin aber auch
eingeschüchtert. Die spielen alle auf
einem ganz anderen Level als ich mit
meinen Gitarren zupf Anfängen. Ich
kann nicht an Gesprächen teilnehmen
– Profigespräche. Das sind meine
ersten zarten Versuche, mich dem
Musischen zu zu wenden. Von nun an
geht's, zumindest in dieser Hinsicht,
zart und vorsichtig bergauf. Ich habe
ein tolles grünes Kleid, oben eng, der
Rock lang und weit, aus modischem
Baumwollstoff. In diesem Kleid lerne
ich einen jungen griechischen
Studenten kennen. Er sieht mich auf
einem Fest tanzen und feuert mich an
„Express yourself" Irgendwie wirkt
das wie ein Startschuss, elektrisierend.
Der Zeitzünder dieser „Bombe" geht

aber erst später los, in Hamburg, nachdem ich mich von allen Profis und Experten im musischen und literarischen Bereich entfernt habe, 800 km weit.

Ansonsten bricht in diesem Jahr etwas an, was erst Jahre später so richtig zum Ausbruch kommt: die Therapiewelle. Fritz Perls, Gestalttherapie, Bioenergetik, Alexander Lowen, sind nur Namen und Begriffe von der Flut der therapeutischen Methoden, die langsam aber sicher zu uns in Freiburg heranrollen. Was kommt, ist, jedenfalls für mich, nicht die Revolution in der Politik, sondern der Ausbruch der Gefühle in „sicheren" Gefilden.

Morgens um 4 Uhr stehen wir auf, meine Freundin und ich. 4.45 Uhr Abfahrt mit dem kleinen hellblauen VW Cabrio. Vorm Gotthard Schlange. Mist, wir müssen um 20.Uhr in Ancona sein. In der italienischen Schweiz wieder Schlange. Es ist heiß. Verdeck runter. Hoffentlich erreichen

wir das Schiff pünktlich. Gott sei dank geht's dann doch flott weiter.
Erreichen Ancona 19.30 Uhr. Zum Fährschiff muss man Schlange stehen. Unser Auto wird mit einem Kran auf Deck gehievt. Schon komisch, unser Gefährt da oben baumeln zu sehen..
Na endlich sind auch wir auf dem Schiff. Ouzo, Bouzouki, Meer, ein paar Seiten Lektüre „Raubfischer in Hellas", dann fallen mir die Augen zu.

Auszug aus meinem Tagebuch:

Mittwoch, den 16. 7. 75

Strand: Papa to Nero - Manoli - Boot – Abends Berliner Pärchen – Clique – sie Lehrerin, Gesamtschule – beide sehr sympathisch. Ich setze mich rüber zu Wassili und Spiros. Später Tanz. Ich werde immer sicherer. Meine Bewegungen passen zu mir. Ich fange an, sie einzusetzen. Die Reaktion darauf versetzt mich immer mehr in Begeisterung. Ich entdecke Kommunikationsmöglichkeiten, die

ich bei unserem Beat wenig finde. Ich entdecke meine in Kanälen verschüttete Phantasie wieder. Sie verästelt sich, in wechselndem Rhythmus wächst ein Baum mit vielen dünnen und dicken Zweigen. Einige sind sehr zart und etwas schwach auf den Beinen, andere recht stabil. Ich entdecke die Sprache der Gestik. Bin begeistert von der gestischen Kommunikation der Griechen.
Ein Deutscher beschwert sich – Musik aus .
Wir wandern an den Strand. Dunkel – Retsina – wackelig – schwankend. Mir ist, als stolpertenn wir über Mondgestein.

Donnerstag, 24.7.75

Morgens fahren wir mit dem Boot zu einer einsamen kleinen Bucht. Das Wiegen des Bootes erinnert an den Rhythmus der Musik, des Tanzes. A. fängt drei Polypen und drei Fische.

Mittags essen wir die Fische.
Ich schaue auf's Meer, wie die Wellen
sich wiegen und sanft auf den Strand
plätschern. Denke an das Tanzen mit
Wassili bevor ich mich mit zu viel
Essen, zu viel Retsina und zu viel
Geselligkeit voll gestopft habe.
Vorsichtig befühle ich meine Hüften
und den Bauch. Matrone also, mit 28
Jahren?
Im Hotel haben sie gesagt: „A greek
boy has phoned, Madame."
„Madame!" So viel jünger war er
nicht, Na ja, vielleicht 22.
Mit meiner Freundin hab ich über's
Kinder kriegen geredet. Kann ich mir
überhaupt nicht vorstellen. Madame –
Matrone – Kinder kriegen – Familie?
Passt das zu mir?
Die Wellen wiegen sich. Ich höre
griechische Klänge. Das Meer lächelt
mir zu.

Das weiße griechische Tuch

1976 ist, oberflächlich betrachtet, für mich ein überflüssiges Jahr. Ich bin unzufrieden, mollig, lass mir einen Afro – Look verpassen, der meine Naturlocken verschwinden lässt. Sehe aus wie ein Angela – Davis Verschnitt, mache Gestalttherapie in Gruppenseminaren auf dem Land, der anfängliche Zauber ist vorbei, die Schule nervt mich. Mein antiautoritärer Stil kommt nicht an, autoritär sein will ich auch nicht. Die politischen Bewegungen treten in die spalterische Phase ein , KBW, KB DKP GIM, und wie sie alle heißen, die Anti-Atomkraft – Bewegung mit dem Slogan: „KKW – nein" vereint alle Linken und auch nicht, Feminismus überall. Ich arbeite in Gruppen mit, die Frauen in armen Stadtteilen helfen, beteilige mich an Artikeln, in denen wir gegen die Frauen polemisieren, die heiraten wollen. Unserer Meinung nach begeben sie sich dadurch unter die Herrschaft des Mannes. Wir wollen, dass die Frauen unabhängig werden. Ja, dabei bin ich ja selbst verheiratet, mit meiner Jugendliebe, der, ebenfalls in Freiburg, mit seinem Studium beschäftigt ist. Vor einem Jahr haben wir uns getrennt, nach längerem Auseinanderleben, sind aber noch gut befreundet und wohnen zusammen in der WG.

Fahre noch einmal nach Griechenland mit einer Freundin, diesmal ohne großes Highlight. Trage ein schönes griechisches Tuch auf dem Kopf. Es ist weiß, mit schwarzem, typisch griechischen Muster. In diesem etwas schwierigen Jahr ist das Tuch ein Symbol der Schönheit, die ich irgendwie abhanden gekommen glaube. Nichts ist mehr, wie es war, mein Selbstbewusstsein schlittert so dahin, wenig lustvoll. Das Tuch deutet an, dass es wieder aufwärts gehen könnte, noch nicht alles verloren ist. Aber wohin?

Ab jetzt gehört die Gitarre zum Reisegepäck. Dann beschließe ich, mich zur Gesamtschule in Freiburg zu bewerben, wo die bewegten Frauen unter den linken Lehrern einigen Wirbel verursachen.

Also, raus aus der Provinz, rein in die ehemalige Kaderschmiede. Jetzt hat das Gitarre spielen ein Ziel: Ich werde Musik unterrichten. Ein Repertoire an Liedern muss her, erst einmal für die 5. Klasse.

Meine Wohngenossinnen unterstützen mich, geben mir Material, helfen.

Zeit der Gärung. Nicht sehr angenehm, bin verunsichert und trotzdem setzt sich etwas durch: die Musik.

Liebe? Was war das noch mal? Bin dauerverliebt in einen verheirateten Mann. Kurz - Affairen kommen und gehen.

Nicht wohlfühlen in meiner Haut. Die Hose kneift, ich bin zu dick. Ich mag mich nicht. Vor einem Jahr fand ich mich attraktiv, schlank, mit schwarzen halblangen Locken, selbstbewusst und schön. Und jetzt, das Gegenteil! Abschied, Übergang. Etwas entsteht, lässt sich nicht stören, macht einfach immer weiter. Verschlingt mein Wohlgefühl wie ein gieriges Monster Ich lasse es widerwillig zu. Was soll ich sonst machen?

Patchworkkleider

Mit dreißig Jahren will ich weg von Freiburg, es wird mir zu eng, trotz südlichem Flair. Ich lerne einen Therapeuten kennen, der sich ein Bauernhaus in Norddeutschland gekauft hat, und verliebe mich in ihn. Die Beziehung hält nicht lange, aber ich nutze den Schwung, um nach Norddeutschland zu ziehen, nach Hamburg. In der Übergangszeit nähe ich Patchworkkleider aus Blümchenstoffen, am laufenden Band. Mein Leben ist nicht nur Patchwork, sondern krempelt sich total um. Ich krempele mich total um. Dennoch bleiben „Patches", Flicken erhalten, die Schule, die Musik, die Freundinnen in Freiburg.

Kurz vor meinem Umzug nach Hamburg bekomme ich eine Lungenentzündung, viele Jahre später wiederholt sich dieses Phänomen, vor einem Umzug, der eine einschneidende Änderung bedeutet, bekomme ich zum zweiten Mal eine

Lungenentzündung
Ich nähe Blümchenstoffe zu
Patchwork - Kleidern, eins nach dem
andern.
Dann kommt der Umzug. Das neue
Leben ist aufregend. Eine neue WG,
ein neuer Arbeitsplatz, neue Kollegen.
Ich fühle mich, trotz allem Neuen,
entsetzlich einsam und verlassen,
entwurzelt.
Ich fülle diese Leere mit dem Wunsch
nach Kreativem, Musik, Theater. Ich
kaufe mir ein Klavier, schwarz,
glänzend, Yamaha, spiele darauf und
erwerbe eine E-Gitarre. Bei einer E-
Gitarenspielerin, die in einer
Frauenband spielt, lerne ich E-Gitarre.
Eine totale Entdeckung. Ich will mehr,
Theater spielen, finde aber nicht das
Richtige. Dann, 79, das Festival
Theater der Nationen. Ich gerate
zufällig in eine Aufführung der
„Lindsay Kemp Company“, Flowers,
von Genet. Tanztheater. Das ist's – ich
habe es gefunden. Die Saat des
zufälligen Ausrufs des jungen
Griechen „Express yourself“ ist

aufgegangen. Wie lange ist das her und hat tief drunten geschlummert, unter der Oberfläche? Drei, vier Jahre. Eine radikale Trennung, neue Umgebung und die emotionale Leere, „tabula rasa" haben es ermöglicht, der gordische Knoten durchtrennt, instinktsicher.

Ich bin mir selbst in mancher Hinsicht nicht geheuer – was habe ich getan? Bin ich noch zu retten? Ich trauere und bin unsicher. Alle Brücken abgebrochen und eine Leere geschaffen, die sich nun mit Wünschen füllen kann, die, wie aus uralten Quellen gespeist, hervorsprudeln.

In Hamburg wird mir allmählich klar, dass ich mich meiner Wurzeln beraubt habe um eine Veränderung in Gang zu bringen. Vor lauter Heimweh und Einsamkeitsgefühlen stürze ich mich in die Musik. Hamburg ist tun, handeln, Erfolg haben wollen, Freiburg reden – Seele – Beziehungen und - Politik. In einem Tanztheater Workshop finde ich eine Gruppe, an

der ich kontinuierlich teilnehme, Der
Leiter, ein Choreograph, entwickelt
Stücke mit uns, Choreographien, die
wir aufführen. Es ist eine Blütezeit des
Tanztheaters in Hamburg. Die Gruppe
„Winter auf Mallorca" , „Hamburger
Tanztheater" und Andere feiern
Triumphe. Ich lese Bücher über
Ausdruckstanz, Rudolf von Laban
und Mary Wigman. Das ist endlich
meine Welt. Kleider? Sind ein – zwei
Jahre lang unwichtig, ich laufe eher
geschlechtsneutral herum und schere
mich nicht drum.

Ich höre eine Kassettte, die ich vom
Radio aufgenommen habe: Funkkolleg
Musik. Ich erhoffe mir damit eine
weitere Qualifikation in meiner
entstehenden Lehrbefähigung. Es
befasst sich allerdings hauptsächlich
mit Theorie, die mir wiederum Spaß
macht, auch wenn es mir für die
Schule praktisch nicht viel nützen
wird. Um das Gefühl zu haben, auch
praktisch produktiv zu sein, häkle ich
beim Hören ein großes Tuch mit einer

dünnen Häkelnadel, so dass ein zartes, spitzenartiges Gewebe entsteht.

Ich bin nach Hamburg gezogen, obwohl meine Liebesbeziehung schon vorbei ist. Beim Häkeln hab ich die Phantasie, ich bin Penelope, die auf Odysseus wartend, ihre Freier in Schach hält, indem sie ein Hemd für ihn webt, welches sie in der Nacht wieder auflöst, so dass es nicht fertig wird. Mit dieser Phantasie erhalte ich mir die nötige Geduld und Spannung Was passiert, wenn ich das Tuch vollendet haben werde? Dann ist es so weit.

Das eine Jahr an der Gesamtschule wird mit einer Projektwoche beendet. Ich mache eine Radtour mit Schülern, in flachem Gelände am Fuße des Kaiserstuhls. Es ist sehr heiß Anfang Juni, ich trage ein kurzes Hemd mit Spaghettiträgern. Durch das Schwitzen hole ich mir eine Erkältung, die sich zu einer Lungenentzündung ausweitet. Nun haben die Ferien begonnen, ein neuer Anfang und der Umzug stehen bevor.

Nach der Genesung vertreibe ich mir die Zeit mit Nähen, Kleider, alle nach demselben Schnitt, aber aus verschiedenen, zusammengesetzten Stoffen, Blümchenmuster, im englischen Stil.

Sie sind leicht zu nähen, gleich große Teile, ohne großes Nachdenken gelingen sie und sehen immer wieder anders aus.

Ich habe keine Lust zu verreisen. Sammle mich. Eine unbestimmte Sehnsucht treibt mich und gibt mir ungeahnte Kräfte. An Abschied denke ich nicht.

Erst, als ich in Hamburg bin.

Gestricktes

Im Sommer 1981 lasse ich mich beurlauben, um meine Zeit ungehindert dem Tanz zu widmen. Ich besuche viele Kurse, in Berlin, Aachen, Hamburg, und gebe Workshops, freie Improvisation nach Live-Musik, afrikanische Trommeln und auch Musikimprovisation. In dieser Zeit, teilweise auch schon vorher, fange ich wieder an zu stricken, eine Jacke, mehrere Pullover. Strickmuster gibt es noch in der „Brigitte", Schnitte zum Nähen nur noch einmal im Jahr in einem Sonderheft, das es inzwischen auch schon lange nicht mehr gibt. Die gekauften Pullover gefallen mir nicht oder sind zu teuer. Es macht auch wieder Spaß, Farben zu kombinieren, türkis mit dunkelrot, hellgrün mit dunkelgrün.Auch wenn es länger dauert als mal eben einen Pullover zu kaufen, ist die Freude nachhaltiger, sinnlicher, intensiver, sozusagen identitätsstiftender.

Fernsehen ist nicht so meine Sache, auf meinem kleinen, billigen schwarz-weiß Fernseher, da mache ich lieber etwas Produktives und gehe später noch in die Kneipe, die „Marktstube", für ein oder 2 Gläser Sekt, und unterhalte mich mit Freundinnen und Bekannten, die ich dort treffe.
Der Workshop, den ich in Freiburg gebe, gelingt mir gut. Meine Freundinnen nehmen teil und alle Beteiligten sind begeistert von der Bewegung zu afrikanischen Rhythmen. Vorher war ich ziemlich aufgeregt, aber auch irgendwie sicher, dass alles gut würde, sogar sehr gut. Da – da war's. Endlich sehr gut. Es geht also. Wenn meine Leidenschaft mich treibt.

Das rot-fliederfarbene Georgette Kleid

Im Sommer 82 fahre ich nach
Griechenland, Santorin, um an einem
Theaterworkshop teilzunehmen, den
ein Lehrer des „Actor's Studio", New
York, Walter Lott, leitet. Das „Actor's
Studio", berief sich auf Stanislawski,
einen russischen Regisseur und
Begründer des „Stanislawski-Systems"
(„Das „Stanislawski-System" ist
Resultat seiner lebenslangen Arbeit als
Schauspiellehrer und Regisseur und
hatte prägenden Einfluss auf Lee
Strasbergs "Methode" des „method
acting" Es soll angehenden
Schauspielerinnen und Schauspielern
eine Art Kompass sein." Wikipedia)

Der bekannteste Begriff aus
Stanislawskis Theatertheorie ist das
"Als-ob": Der Schauspieler solle
parallele Situationen aus dem eigenen
Erleben finden, um das nicht Erlebte
glaubwürdig zu verkörpern. Für
Stanislawski war die praktische Arbeit

mit dem Requisit wichtig. Sinngemäß geht es darum, dass kein Theaterabend vom Gefühl des Schauspielers her gleich verlaufen kann - mit Hilfe eines Requisites oder einer damit zusammenhängenden "kleinen Aktion" lässt sich die Situation identisch unter Umständen auch ohne das vorherrschende Gefühl an diesem Abend darstellen.

Eines der berühmtesten Beispiele für Stanislawskis Spielmethodik ist die Übung mit den Tennisbällen. Hierbei sprechen die Schauspieler während der Szene keinen Text, sondern formen die zu übermittelnde Aussage durch die Art des Ballwurfs zum Gesprächspartner. Wikipedia

Das rot-violette Georgette – Kleid kaufe ich second-hand von einer Kursteilnehmerin, einer Tanztheater – Frau der freien Gruppe „Winter auf Mallorca" aus Hamburg. Das Kleid ist durchsichtig, mit weitem Rock und gesmoktem Oberteil. Der Stoff Viscose oder Seide oder Seide mit Viscose. Ich trage das Kleid wie ein Schmuckstück.

Aber ein Passendes? Es ist anschmiegsam, duftig, fällt wunderbar, hat einen schönen V-Ausschnitt mit einem gesmokten Teil über der Taille und vorn an den Schultern, übersät ist es mit kleinen zarten schwarzen Punkten. Ich ziehe es an, bei einem Fest auf dem Workshop, aber irgendwie passt es nicht zu mir, ich fühle mich nicht hundertprozentig wohl darin. Eher so, dass ich es tragen möchte, hineinpassen möchte, aber irgendetwas stimmt nicht. Zart, schmeichelnd, weiblich, ich fühle mich eher kämpferisch, ein wenig verloren, aber auch durch Einsamkeit gewachsen.   Jeden Tag wird ungefähr 6 Stunden „gearbeitet" Schauspiel – Übungen, das berühmte „sense – memory", man versucht, alltägliche Tätigkeiten in Zeitlupe zu wiederholen und mit allen Sinnen wahrzunehmen. Weiterhin Entspannungsübungen, Körperübungen, mit und ohne Partner/in, Phantasiereisen und

Szenenarbeit.

Zum Abschluss des Kurses trägt jede/r eine Szene vor und bekommt ein feedback vom Lehrer und den Gruppenmitgliedern. Meine Feedback – Kommentare lauten so:

„Ich hab dich als sehr eindeutig empfunden, sehr stark, sehr sicher."

„ Deine Körperlichkeit hat mir Angst gemacht." Ein Mann: „Am Anfang bist du mir gleich aufgefallen, aber dann hab ich das Interesse an dir verloren. Du warst so verschlossen"

„Da ist viel in dir drin. Warum hast du solche Angst, es zu zeigen?" „Deine Stimme passt nicht zu dir, du bist so ein dunkler Typ, und dann so eine schrille Stimme" „Ich mochte dich gleich am ersten Abend sehr gern."

„Du solltest mehr auf dich und auf andere vertrauen, dich nicht total reinfallen lassen, aber mehr Vertrauen haben."Walter Lott: „You have a lot of authority on the stage, but you must practise your voice because on the stage the audience won't get what you're saying."

Fifties Revival

Zeitspaziergang, rückwärts und vorwärts

Genäht hab ich in dieser Zeit, zwischen 79 und 82 nicht viel, nichts Wesentliches, überhaupt komme ich mir eher unerotisch vor, angefangene Beziehungen gehen in die Brüche. Ich tauche ab in die Tanztheater Truppe. Zwei – dreimal die Woche – viele Wochenenden, tanzen, tanzen, tanzen. Ich bin glücklich. Freue mich auf den Winter, um die Wochenenden mit Proben füllen zu können. Der Leiter der Gruppe entwickelt Choreographien mit uns, Stücke, die wir mit großer Begeisterung aufführen. Ich bin 32 Jahre alt, fühle mich zu alt zum Tanzen und dennoch gerade alt genug um diesem inneren Feuer Nahrung zu geben.
Die WG löst sich auf, ich ziehe um ins Karolinenviertel: Wieder alles neu. Beziehungen überdauern nicht, neue werden geknüpft. Das Karoviertel

boomt: Punks, Künstler, die Buchhandlung Welt. Ich fühle mich fremd in diesem kreativen Chaos, gleichzeitig pudelwohl mit meiner kleinen Wohnung inmitten der Stadt, in diesem brodelnden Viertel, das klein genug ist um mir gleichzeitig Anregung und Geborgenheit zu vermitteln.

In dieser Atmosphäre der Begeisterung lerne ich eine Tänzerin und Choreographin kennen, auf einer Party, mit der ich spontan und locker beschließe, ein Tanzstudio zu gründen, en passant und zwischen zwei Gläsern Wein.

Der darauf folgende Prozess der Zusammenarbeit ist eine der schönsten Zeiten in meinem Leben. Wir mieten einen völlig verkommenen Mehlspeicher – boden und machen daraus eines der schönsten Tanzstudios in Hamburg, die Triade. Drei Frauen , eine Weberin, eine Tänzerin und Tanzpädagogin, und ich, gehen mit Begeisterung und Feuereifer daran, ihren Traum zu verwirklichen.

Das Feuer frisst die Traurigkeit.
Im Karoviertel gibt es viele Second
Hand Läden, die die Mode der
Fünfziger Jahre im Angebot haben. Bei
C.L im Laden finde ich Kleider und
Röcke im wunderbaren Design der
fünfziger Jahre, Muster, die ich von
Vorhängen vor Klappbetten kenne.
Jetzt werden diese Stoffe Kult. Kunst,
Kult und Mode vermischen sich mit
punkigem Styling. Die Punks sitzen
gegenüber auf dem Kinderspielplatz
und auf dem Platz an der Ecke
Marktstraße und Glashüttenstraße. In
der Marktstraße wohnt Tetjus, der
Künstler, Sohn des Freundes meines
Vaters, Tetjus Tügel. Ich entdecke
Tetjus durch Zufall über seine
Freundin, C.L., über die es eine
Reportage in der „Brigitte" gibt. Meine
Schwester erzählt mir, dass diese
Boutiquebesitzerin mit dem Künstler
Tetjus Tügel zusammenlebt. Das kann
nur ein Sohn von „unserem" Tetjus
sein, der beeindruckenden
Persönlichkeit. (Er hatte uns zu Hause
in Osnabrück ab und zu besucht.

Einmal schenkte er meinem Vater ein Bild, vor Wut darüber, dass das Museum es nicht gekauft hatte. Es heißt „Das ewige Leben" und zeigt die sehr gut erhaltene Leiche eines jungen Mädchens im Moor.) Eine wunderbare Atmosphäre herrscht bei C.L. und Tetjus, in ihrer Wohnung, seinem Atelier und ihrem Laden. Er malt zu der Zeit im Stil der „neuen Wilden" große dynamische Bilder in kräftigen Farben. Ich mag sie sehr und halte mich häufig bei den Beiden auf. Es ist eine bunte und glückliche Zeit für mich. Ich gründe und eröffne die „Triade" mit den zwei Frauen, tanze, unterrichte und genieße das künstlerische Ambiente in und um das Viertel herum.

Ich lerne ein paar Männer kennen, aber irgendwie haben alle nicht meine Kragenweite oder ich bin nicht wirklich verliebt oder sie nicht in mich. In Ermangelung echter Liebesobjekte verliebe ich mich mal wieder in ein paar „falsche" Männer. Während solcher Verstrickungen habe

ich eine neue Idee, Stoffe in Dessins
der Fünfziger zu bemalen und daraus
Kleider zu nähen. Diese selbst
bemalten und genähten Sachen
gefallen mir sehr und stellen meine
erschütterte Selbstliebe und Würde
wieder her.
Die Nähmaschine ist Ort, Hort und
Hülle meiner Weiblichkeit schlechthin.
Das Geld für die Nähmaschine hatte
mein Vater dadurch bekommen, dass
bei meiner Blinddarmoperation – ich
war18 Jahre alt- die Erstattungskosten
irgendwie zu hoch ausgefallen waren.
Das übrige Geld wollte er mir zugute
kommen lassen.
Nähen ist ungefährlich und als
weibliche Eigenschaft väterlicherseits
anerkannt und geduldet.
Komischerweise trug ich als Protest
gegen die Operation im Krankenhaus
ein durchsichtiges Nachthemd, genau
so aufmüpfig und kompromisslos wie
den hellblauen Mantel zur Beerdigung
meines Vaters?
Erst einmal ruht sie, die Nähmaschine.
Im Tanzstudio Triade feiern wir

rauschende Feste, thematisch ausgerichtet und künstlerisch gestaltet. Es gibt ein Tangofest, ein Walzerfest und natürlich ein Eröffnungsfest.

Ich sitze auf dem Regiestuhl und gestalte mein erstes Tanztheater Stück. Es heißt „Zirkus" und wird nach der Musik von Nino Rota aus dem Film „Amarcord" von Frederico Fellini getanzt. Ein heiteres Stück, spielerisch, sorglos und komisch. In Paaren bewegen sich die Akteure als Artisten im Zirkus, es wird jongliert, jemand will einem anderen vergeblich etwas beibringen, andere ärgern die Gruppe, ein junger Artist macht Faxen, um ein junges Mädchen zu beeindrucken. Die Bewegungen werden schneller und schneller, geraten völlig aus den Fugen und am Schluss drängen sich alle nach vorn, um allein den Applaus einzuheimsen.
Der Choreograph, mein Lehrer, tanzt selbst begeistert mit und unterstützt mich bei meinen Versuchen.

Wir führen mehrere kurze Stücke auf
und reisen dafür sogar nach Berlin.
Auf dem Kudamm machen wir
Straßen – Tanztheater.
Meine Tagebuch – Aufzeichnungen
aus dieser Zeit handeln von Vielem,
meistens von missglückten
Beziehungen.
Meine Entwicklung im Tanztheater
kommt wenig vor.
Aus meinem Tagebuch.
5. 1. 1980
Heute wäre Tante Eilas Geburtstag; sie
wäre heute 82 geworden. Nun sind die
achtziger Jahre angebrochen, mit dem
Tod von Rudi Dutschke und dem
Selbstmord des Springer-Sohnes als
Auftakt? Rudi Dutschke als Vater des
68er Aufstandes hatte wohl längst
seine Rolle verloren;
Immerhin füllte er vor einigen Jahren
noch das Audimax in Freiburg. Die
68er Rebellen haben sich
zurückgezogen oder sind in den
Terrorismus abgewandert. Was ist mit
der neuen, bunten, alternativen,
grünen Generation? Ich empfinde sie

nicht so deprimierend wie so manch einer meiner Generation, vielleicht, weil ich sie jeden Tag in der Schule erlebe.

Traum:

Ich verlasse den Ballettsaal und befinde mich auf einem großen Gelände. Von allen Seiten strömen Menschen, vornehmlich junge, in verschiedene Richtungen.
Ich gehe vorwärts, immer weiter. Vor mir liegen Tunnel, breit und hoch. Dort muss man wohl durch. Einige gehen durch die Tunnelröhre, die ich gewählt habe. Ich gehe munter weiter, immer weiter. Allmählich denke ich, wenn ich noch umkehren will, muss ich es mal langsam tun. Die Entscheidung fällt beim Gehen, sie trägt mich bis zum Ende des Tunnels. Aus der Röhre kommend, sehe ich viele, viele Leute nach vorn streben. Dort ist ein riesiger Hafen. Große Schiffe liegen am Kai. Beim näher kommen sehe ich die Menschen in Gruppen herumstehen. Sie scheinen zu besprechen, wie es weitergehen

soll, verabreden, verabschieden sich.
Eine angenehme, aufregende
Aufbruchstimmung ist zu spüren.

Die schwarz-blau gestreifte Leggings

Immer wieder Sehnsucht nach Freiburg. Reise zu Ostern. In Freiburg verliebt sein. Karoviertel. Was fehlt? Das Urlaubsjahr, Zeitlupe? Das selbstständig machen im Tanzunterricht? Unterricht als neue Dimension, nicht nur befriedigend? Auf alle Fälle die Vision, nach Freiburg zurück zu kehren mit einer neuen Beziehung, bzw mit jemandem in Freiburg neu anfangen. Die Vision gelingt nicht, derjenige macht nicht mit. Meine negative Einstellung zu Liebesbeziehungen wird erneut bestätigt, von mir selbst. Ich verstehe noch immer noch nichts von Beziehungen, vom gegenseitigen Verständnis, vom Wissen über sich selbst als Voraussetzung und dem Respekt vor der Individualität des Anderen. Das fehlt mir. Ich habe die schönsten Visionen und dann gebe ich auf. Ich könnte doch trotz allem nach Freiburg zurückgehen , wie auch nach Hamburg, ohne Beziehung. Das ist zu viel, würde auch einer Niederlage gleichgekommen. Nicht in Wirklichkeit, aber auch das Schulproblem stellt sich. Wieder an die alte Schule? Da habe ich doch schon was Besseres gefunden. Viele Hürden und auch kein Wissen darüber, was ich will. Außerdem habe ich gerade die Triade aufgebaut. Der Tanz, die Musik, das gehört alles nach Hamburg. Ich hab es dann ja auch anders hingekriegt, den Kontakt aufrecht zu erhalten, hab nur keine neuen Leute kennengelernt. Eine Familie, die schöne Umgebung, Sonne, das ist die Sehnsucht. Dabei bin ich auf dem Zenith meines Selbstbewusstseins, künstlerisch. Nein, nicht unbedingt künstlerisch, eher unternehmerisch und kreativ. Die Enttäuschung, dass ein Mann sich nicht für meinen Tanz interessierte, auch nicht für meine Musik.

Tagebuch 25. 12. 1983
In den letzten Wochen hatte ich ein

Tief in Bezug auf das Tanzen, da meine Gruppen nur sehr dürftig besucht werden, teilweise wegen unserer Ferienregelung, ich hoffe, ich habe jetzt einen Weg gefunden. Außerdem merke ich, dass nicht alles an meiner Unsicherheit und meinem Unterricht liegt, sondern auch an anderen Faktoren. Ich glaube, ich finde langsam einen Weg durch das Gestrüpp von Unsicherheiten. Das Wetter draußen ist herrlich, es ist zwar eisekalt aber die Sonne wärmt schon frühlingshaft und ich fühle Aufbruchsstimmung.

Oh Ferien! Den Tag ins Land gehen lassen, keinen Termin haben, keinen Alltag, kein Wochenende, endlos klönen oder auch rumlatschen, na, eben Muße!

In dieser Zeit verliebe ich mich und bin zu Tode betrübt über den negativen Ausgang. Das Gefühl hält sich nicht sehr lange, ich erhole mich und verliebe mich auf's Neue, unglücklich.

Ist es das Drama, das die Langeweile vertreibt oder das Gefühl von Misserfolg?

Der einzige Lichtblick sind meine selbstbemalten und –genähten Hosen und ein Minirock.
Der Minirock ist besonders schön. Schwarzer, glänzender Stoff, ähnlich wie Taft, aber schmiegsamer. Darauf verteile ich hellblaue und hellgrüne geometrische Muster, Kandinsky-mäßig geometrisch. Der Rock strahlt eine Magie aus. Blau des Himmels und Hellgrün von jungen Pflanzen heilen das Schwarz, gleichzeitig entsteht dadurch der Kontrast, der die Farben zum Strahlen bringt. Auf einem Foto trage ich dazu ein weißes Netzhemd vom Flohmarkt, schwarze Pumps und einen kecken kleinen Hut. Tröstlich, diese schönen Kleider. Die hellgraue dreiviertel lange Hose hat rosafarbene und weiße geometrische Muster, eine rote Hose wird durch schwarze Muster verschönert und eine dunkelgrüne bekommt weiße Streifen

und Dreiecke verpasst. Die Tätigkeit tröstet mich in meinem Liebesleid.

Die Leggings sehen stromlinienförmig aus. Der Stoff ist weich, glänzend und stretchig. Das Oberteil darüber wie ein schlichter Mini- Baumwoll-Hänger, etwas tailliert. Dazu die knallblaue Kette von CL mit großen, schwarz bemalten Steinen aus so etwas wie Fimo, das ist brennbare Knetmasse.

Das schwarz-weiße Minikleid im 50er Jahre Vorhangstoff

Das schwarz weiße Minkleid, ein kurzer Hänger mit wunderbarem Muster, waagerechte etwas verschwommene Streifen, eine Art Leinen-Baumwollstoff, mitten aus einem Vorhang gesprungen oder einem Klappbett oder Sofa oder Sessel. Ich fühle mich wie eine Diva. U-Boot Ausschnitt, sehr elegant. Es hat einfach einen bestechenden Retro-Look, wie man heute sagt, oder Vintage (**Vintage** bezeichnet eine Mode- bzw. Designrichtung, bezogen auf Kleidung und Musikinstrumente, die im Retrolook der 1930er- bis 1970er-Jahre gestaltet wurden.)
Ich trag das Kleid zur Eröffnung der Triade und halt meine Rede darin. Es ist ein Höhepunkt meines 50er Jahre Mode Revival und wirklich etwas Besonderes.

Der Laden liegt im Souterrain. Man steigt ein paar Stufen hinunter und betritt den Verkaufsraum, der durch gekachelten Boden und weiße Wände angenehme Kühle und einen klaren Minimalismus verbreitet. Die Kleidung auf den Ständern strahlt eine Mischung aus Trümmerlook und Moderne aus. Es ist der neueste Schrei, Avantgarde, Zurück in die Zukunft, der Charme kommt aus dem Rückwärtsblick, einem über die Schulter Lächeln, zurückblicken, viel versprechend. Nicht Lot, zur Salzsäule erstarrt, auch nicht Orpheus, der Ängstliche, sondern die Geheimnisvolle, die einlädt, sich auf ein Spiel einzulassen. Vergangenheit ist verfügbares Material, eine Masse, die sich neu zusammensetzen lässt zur Gestaltung etwas Neuem. Sie bezieht gegenwärtige und futuristische Präsenz aus den Versatzstücken der Vergangenheit. Die Mischung macht's, eine verwirrende Zusammensetzung aus Vergangenheit, Gegenwart und Zukunft. Ich verfalle in ein ehrfürchtiges Staunen, wenn ich mich

im Laden aufhalte. Aus dem
kollektiven Zusammenhang einer
Epoche gelöst, ist meine Phantasie
aufgefordert, etwas Neues entstehen
zu lassen. Nicht ich in den fünfziger
Jahren, Kind, mit meiner kindlichen
Wahrnehmung, sondern jetzt, als reife
Frau von 35 Jahren, fühle mich
aufgefordert, meine Persönlichkeit,
das Äußere, zu gestalten. Die Muster
gefallen mir und haben etwas
Geheimnisvolles. Im Modetrend der
Zeit schwimme ich in sicheren
Gewässern, werde erkannt und
erkenne die Gleichheit in Anderen. Es
kann mir ein sicheres Gefühl der
Zugehörigkeit geben. Dies hier ist ein
größeres Wagnis. Ich schaffe
Individualität, mich im altmodischen
Design zu stylen erfordert meinen
Mut, Selbstbewusstsein, und
Spielfreude.
Einzelne Teile sind von der Inhaberin
selbst gestaltet, designed, teilweise
auch bemalt.
Ich steige ehrfürchtig in einen Rock
mit Zipfeln, mit kräftigen Strichen

bemalt, dazu trage ich einen engen Rippenpulli, ein Lieblingsstück aus den Fünfzigern, schwarze Strümpfe und Pumps. Es gibt davon ein Photo. Ich stehe da, als ob ich mich verzaubert fühle, im Augenblick erstarrt, gleich erreicht mich die Realität, wenn ich wieder aus dem Outfit heraus schlüpfe. Meine Haare sind verwuschelt, ich schaue verträumt, fast verschlafen.

Das Tangokleid

In der Triade feiern wir verschiedene
Feste, Sylvester, ein Walzerfest,
Wunderschöne Kleider, Wunderbares
Tanzen. 1984 ein Tangofest. Auf dem
Boden des Tanzsaals sind Schritte
aufgezeichnet, Tangoschritte.
Ausgewählte Paare führen einen
wunderbaren Tango vor. Die Musik
erfüllt den Raum, alles ist festlich
eingestimmt. Der Raum bietet, mit
seiner Größe und den Spiegeln, ein
wunderbares Ambiente. Ich habe mir
ein Kleid von einer Bekannten
geliehen, ein enges Strickkleid aus
feinem Viscose-Stretch, asymmetrisch
verarbeitet in schwarz und silbergrau,
eine Schulter ist frei, die andere hat
einen langen Ärmel. Das ergibt eine
gegenläufige doppelte Asymmetrie.
Ich fahre durch die ganze Stadt, um es
abzuholen. Dazu trage ich hohe
Pumps in hellem Pink. Ich bin verliebt,
der Himmel hängt voller Geigen. Die
Musik drückt Leidenschaft aus, aber
auch Melancholie. Ein
Wermutstropfen, mein Liebster

verschwindet von der Party, ihm ist es zu voll und, er fürchtet sich vorm Tango tanzen bei so viel professionellen Bewegungen. Ich hole ihn per Telefon zurück und wir tanzen beschwingt und fröhlich.

193

Das lila Mini – Sweatshirt - Kleid

Das lila Minikleid ist eigentlich ein
langes Sweat Shirt.
Ziemlich flott, sieht gut aus, fühlt sich
auch gut an. Es ist enorm praktisch,
Bauch passt ganz lange drunter. Die
Farbe ist schön. Alles ganz kuschlig.
Künstlerisch? Der Unterricht in der
Schule macht Spaß, Tanzunterricht in
der Aula, und in der Triade ist es
gemischt, aber auch ok. Eigentlich
geht es mir gut. Bin einmal in der U-
Bahn ohnmächtig geworden und hab
eine größere Zahnbehandlung gehabt,
ging aber alles gut.
Dauerblasenentzündung.
Es geht mir ziemlich gut. Das kleine
Fest mit den Schülern im Garten.
Die Kreativität, nein, ein kleines
Geschöpf wächst in meinem Bauch,
und ich bin zufrieden und glücklich.
Nur als ich in den Mutterschaftsurlaub
gehe, krieg ich Panik oder langweile
mich, mir fehlen die Schule und die
Triade und ich fliehe nach Freiburg für
eine Woche. Im Juli, also im 7. Monat.

Ja, und nun hab ich keine Lust mehr, welche Stimmung? Immer dieser Druck, dass es in der Schule klappt und in der Triade usw. Na ja, aber es hat schon teilweise Spaß gemacht, ich bin begeisterungs - fähig – süchtig?. Die Polostraße in Hamburg-Klein-Flottbek ist doch auch ganz schön. Aber ich bin nicht wirklich eingezogen, will die letzten Kisten nicht auspacken, will das Zusammenwohnen nicht so recht wahrhaben, eher eine Notwendigkeit, und dann die Polostraße, Pfeffersäcke im Grünen. Grüne Hölle, ja das fällt mir schon schwer. Die Schulklasse im Garten ist Leben, lebendig und prima. Es fällt mir nicht leicht, in der Polostraße zu wohnen. Ich hab viel Fremdes zu überwinden und zu verdauen. Es fühlt sich nicht mehr an wie mein Heim, ich hab es aber mit ausgesucht. Wir, mein neuer Freund und ich, haben es ausgesucht. Wir wollen zusammen wohnen, eine Selbstverständlichkeit, finden wir beide, obwohl wir beide lange

unabhängig waren. Das wir fällt mir
schwer, ist gewöhnungsbedürftig.
Und das alles fängt in der Polostraße
an. Ich bin innerlich überrumpelt und
hab mir nicht zugestanden, mich
langsam daran zu gewöhnen und
auch meine Bedenken auszudrücken.
Um sich auch an alles zu gewöhnen,
langsam zu entwickeln. Genau, dem
anderen seine Zeit lassen, sich zu
entwickeln und zu gewöhnen. Und so
ist die Schwangerschaft halt auch von
der raschen Umstellung geprägt. Das
macht die Zeit nicht leicht. Trotz der
Freude und natürlich auch schöner
Aspekte, an die Elbe gehen, spazieren,
das Neue und Spannende, auch die
Fähigkeit, sich anzupassen und es
positiv zu sehen. Wie sagt Gerd, mein
Bruder, in dieser Zeit, ich sei so wenig
kommunikativ, würde so wenig reden.
Mir ist gar nicht so richtig bewusst,
worin meine Schwierigkeiten
bestehen, Im Tagebuch steht, dass ich
alles nicht so richtig auf die Reihe
kriege …

Fremdheit, mich nicht daran gewöhnen, mir keine Zeit lassen. Das ist das Thema. Das Ignorieren des Gefühls der Fremdheit. Immer gleich anpassen, mich zu Hause fühlen müssen. Das ständige Zusammensein, irgendwie dann in Klischees denken oder wie in der WG die heimliche Familienstruktur herstellen. Also, das lila Minikleid geht mir im Moment am A. vorbei. Ey, hör mal, Schwangerschaft, das ist doch die Sensation für dich! Irgendwie ist es normal, Göttin sei dank, es ist schön und ich freue mich, aber es gibt auch viel Alltag. Also was? Worum geht es? Das ist wichtig, auch die Leichtigkeit und Bequemlichkeit, die das Sweatshirt darstellt.

Der Klappbettmuster-Rock

Dieses Muster von dem Rock, das erinnert mich an das Klappbett, in dem ich in den Fünfzigern geschlafen habe. So ähnlich sah der Vorhang aus, der das Bett verdeckte. Wenn das Bett ausgeklappt war, gab es zwischen meinem und dem Bett meiner Schwester keine zwanzig Zentimeter zum Durchgehen. Es war ein kleines Zimmer und dann sehr eng. Meine Schwester war neun Jahre älter und hatte ganz andere Dinge im Kopf, da gab es schon mal Streitereien. Als ich elf, zwölf war, zog sie dann aus und ich hatte das Zimmer für mich allein. Das Klappbett blieb aber drin, wenn die Geschwister, bald auch mit Anhang und Kindern, zu Besuch kamen.
Den Rock, in einem hellen, freundlichen Beige und mit ziegelrotem Muster, hinten ein Schlitz, trug ich zu einer sonnengelben Bluse. Es sah sommerlich, hell und freundlich aus. Till, das Baby, dann

schon 10 Monate alt, entwickelte sich prächtig und turnte auf dem Boden und im Garten auf einer Decke herum, vergnügte sich mit seiner fast gleichaltrigen Cousine im einem kleinen Planschbecken. Die Welt war in Ordnung, wir waren eine kleine Familie und ich hatte nach einem halben Jahr Babypause wieder zu arbeiten begonnen. Till war ab zehn Monaten vormittags in einer kleinen Babygruppe untergebracht.

Als Till ein Jahr alt wurde, nahmen die Konflikte in der Beziehung zu. Das Kind steht im Mittelpunkt, die Freude ist groß, aber der Mann fühlt sich zurückgesetzt. Er sagt es nicht, sondern die Laune sinkt, Streitereien, Dauerkonflikte zerren an meinen Energien. Ich bin, wie er, nicht in der Lage, die Konflikte auf den Punkt zu bringen, darauf zu bestehen, dass beide ehrlich mit ihren Gefühlen umgehen. So wachsen der Frust und die Wut, man geht sich aus dem Weg. Dennoch, es herrscht nach wie vor eine große Freude über den kleinen

Kerl, immer wieder erfasst uns die Begeisterung über den kleinen Dritten im Bunde.

Zeitfahrstuhl

Komisch, wie sich seit Wochen der Schleier vor meine Augen legt. Die sieben Schleier der Salomé oder der Bedauernsschleier oder Wutschleier oder einfach ein unangenehmes Gefühl Es ist gar nicht unangenehm, nur dass ich nichts sehe, die Schleier wehen darüber oder ist es eine zähe Masse. So als ob der Kopf sagt: Mit mir nicht, meine Dame. Keine Chance, hab null Motivation. Kein Retro, keine Romantik, keine Nostalgie, bin von Kopf bis Fußkopf auf Gegenwart und Zukunft eingestellt. Mensch, hab erwachsenene Söhne, wieso soll ich da per Zeitmaschine zurück ins Babyalter? Und was lief künstlerisch? Es lief immer was. Ich war ja noch in der Triade, hab aber ganz schön rumgeackert, Kurse voll kriegen, wöchentliche Vorbereitung. 1986,

Tschernobyl, Triade von Klein-Flottbek aus, wie denn, mit dem Auto? Dem blauen Toyota? Wahrscheinlich schon. Immer abends, einmal in der Woche zwei Kurse, Impro und Jazz. Ja, so war's. Wohnzimmer, mit B. und C. Doppelkopf spielen, nach Hohenfelde fahren. Das war eine Zeit, in der die Kreativität in der Triade und in der Schule sozusagen im Alltag mitwanderte. Es war gut, Tanz zu unterrichten, das war schon gut. Irgendwie war es eine Latenzzeit. Wirklich vermummt und verpuppt, nichts durfte die Idylle stören. Es durfte nicht und hat also auch nicht. Dann Anfang 87 mein Zusammenbruch in der Schule, ich fiel hin und hab mich am Pult verletzt. Nach Tschernobyl, mein 40. Geburtstag bei Hagenbeck mit Freundin, Rüblitorte und Piccolo. Die Frauen als Retterinnen. Wie einsam hab ich mich zwischendurch gefühlt, wenn mein Partner mich nicht versteht und - ich ihn auch nicht. Aber es ist vertraut, also gemütlich und

schön. Der Klappbettmuster-Rock, wie
sinnig, die Fünfziger zu beschwören!

Blusen auf Taille

Nun hat sich der kleine Fritz zu uns gesellt, Fritz, der so, ohne Kaiserschnitt, aber schon mit viel Anstrengung und Hebammenunterstützung, raus gekommen ist. Ja, wahrhaft. Ein Lob auf diese Hebamme, ohne ihren Beistand hätte ich das nicht geschafft. Nach Schichtwechsel war es die Dritte, und genau die Richtige, zuversichtlich, anspornend, die Ruhe weg. Nach der Geburt will ich sofort nach Hause, euphorisch. Eine Schwesternschülerin misst meinen Blutdruck, oh, da ist ja gar keiner! Da bin ich glatt in Ohnmacht gefallen, bleibe also eine Nacht in der Klinik. Die schönste Nacht meines Lebens. Das Baby neben mir, die Sterne am Himmel und eimerweise Glücksgefühle, Serotonine, besser als Sex, überschütten mich. Vor lauter Glück schlafe ich kaum. Bin auch stolz, vierzigjährig, schon einen Kaiserschnitt hinter mir, und dann klappt es doch noch, ohne

Kaiserschnitt. Eine Erinnerung an diese Heldinnentat behalte ich, ein paar Hämorrhoiden vom übermäßigen Pressen, aber die sind nicht so schlimm.Fritz entpuppt sich als entspanntes Kerlchen, der typische Zweite, da kennt man schon einiges als Eltern und kann viel cooler bleiben. Till findet es nicht so witzig, einen kleinen Nebenbuhler zu haben, er, zweieinhalbjährig, hat erst einmal geschlagene sechs bis acht Wochen Durchfall.

Nach den Sommerferien, Fritz ist im Februar geboren, gehe ich wieder zur Schule und er in die Babygruppe. Sein Vater ist übergangsweise teilzeitbeschäftigt und kann sich mehr kümmern als vorher. Die Beziehung läuft runder, obwohl, die unausgesprochenen Konflikte schlummern nur.

Es gibt zu viel zu tun, um sich darum zu kümmern.

Ich entwickle eine Vorliebe für kurze, taillierte Blusen, eine aus Viscose, in dunkelgrün und blau gemustert, eine andere in naturweiß, mit beigen und graubraunen Streifen. Durch das Stillen bin ich bei beiden Geburten schnell wieder schlank geworden, die beiden Jungs hatten schon ordentlich Hunger, so dass ich selbst nicht viel Fett ansetzen konnte. Sehr praktisch. Also kann ich meine Taille wieder zeigen. Kurz ist schön nach den langen Schwangerschafts- Hängern. Der Viscosestoff fällt außerdem schön und schmeichelnd. Wir besuchen meine Mutter und meine Schwester in Münster und machen einen Spaziergang am Aasee, auf einem Foto sieht man uns drei Frauen, die Frauen der Familie. Nur Tante Eila fehlt, sie ist schon fünfzehn Jahre nicht mehr unter uns. Ein neues Selbstbewusstsein erfüllt mich. Jetzt habe ich zwei Kinder, haben wir zwei Kinder. Fritz gibt der Familie eine entspannte Note. Selbst Till scheint sich zu beruhigen und bleibt lieber in seinem Zimmer, wenn das Baby da liegt und strampelt. Wir ziehen um, nach Lurup, in eine große Wohnung in einem merkwürdig verbauten Haus am Ende einer Sackgasse, mit einer schönen Terrasse und einem großen verwilderten Garten hinter dem Haus. Die anderen Häuser sind ein bisschen weiter weg. Wir haben allerdings eine Strom-Überleitung über dem Haus, die bei feuchtem Wetter und bei Wind merkwürdige Töne von sich gibt. Wir schreiben das Jahr 1988. 1989 fange ich eine Therapie an, nach einem Autounfall, bei dem ich an der Stirn verletzt werde, die Kinder, hinten im Auto, gottseidank unverletzt bleiben. Ich hatte bei der Ausfahrt vom Kinderkrankenhaus ein herankommendes Auto übersehen. Es war ein 30kmh Zone, ob das Auto zu schnell fuhr; jedenfalls hatte ich Schuld. Da ich insgesamt das Gefühl habe, etwas Unterschwelliges, möglicherweise Wut, nicht in den Griff zu bekommen, beginne ich diese Therapie, ich fühle mich den Spannungen in der Beziehung nicht mehr gewachsen. Sie tut mir gut, allerdings bewegt sich meiner Ansicht nach nicht viel, was meine Haltung angeht. Eine andere Wirkung entfaltet sich, ich bekomme mehr Selbstvertrauen bezüglich meiner Kreativität, das heißt, ich werde mutiger und entwickle größere Projekte für die Schüler beim Tanzunterricht. Vielleicht verwandle ich unterbewusst Wut in Mut. Ich unterrichte seit einigen Jahren das Fach Tanz in der Schule, habe ein Curriculum entwickelt und gebe nach Fritz' Geburt die Triade auf. Bisher war es so in meinem Leben, dass ich nach einigen Jahren immer wieder etwas Neues angefangen habe. Erst Musik, Gitarre, dann Klavier, dann Tanz, dann Tanzunterricht, zwischendurch die Schauspielerei. Normalerweise wäre jetzt wieder etwas Neues dran. Stattdessen vertiefe ich meine Erfahrungen durch mutigere Projekte, dank der Therapie. Wir fahren zum Familienurlaub auf den Bauernhof in der Nähe von Freiburg, Horben, erleben ein sogenanntes „Tauziehfest", also einen

Wettbewerb im Tauziehen. Viele Feste, „Hocks" genannt, sommerliches Freiburg. Im Mai fahre ich allein mit den Kindern auf einen anderen Bauernhof, dort gibt es einen Ochsen Moritz, der den Kindern besonders imponiert. Zwischendurch treffe ich die Freundinnen in Freiburg, die Freundschaften halten sich, auch, weil ich immer wieder nach Freiburg fahre, bekomme aber auch Besuch in Hamburg.

Feincord mit Tiger

Also Kinderkleider?
Ja, der schöne Stoff, roter Popeline. Er
ist leicht und sanft und überhaupt hat
er eine Qualität, die es schon gar nicht
mehr gibt. Ich will ihn auf alle Fälle
erhalten und etwas Schönes daraus
machen. Einen Anorak für Till, da ist
er, glaub ich, so drei Jahre alt, also 88.
Mit gestreiftem Searsucker als Futter.
Ist mir total gut gelungen. Und der
Cordanzug mit dem Tiger-oder
Dschungelfutter. Der ist süß. Und
dann der Anzug für Fritz, 92 den er
kaum trägt, weil er schon zu groß ist.
Mit Piratenfutter. Und einem
Turnbeutel aus Piratenfutter. Ja,
dunkelblaue Baumwolle mit
knallrotem geripptem Bündchen am
Ausschnitt und an den Ärmeln. Die
Hose ist wattiert. Hat wirklich großen
Spaß gemacht, es zu nähen. Die
Sachen hab ich alle aufbewahrt. Die
kriegen dann die Enkelkinder oder so.
Das sind alles kleine
Schmuckstückchen.

Zeitfahrstuhl rauf und runter

Der Tanzunterricht, die Vorbereitung
auf Aufführungen haben Spaß
gemacht. Ach ja, und die Salons.
Abendliche. Alle haben einen Vorhang
bemalt, auf weißen Nesselstoff hat
jeder Kandinsky Motive gemalt,
Kunstpostkarten und Drucke lagen
verstreut herum. Er ist sehr schön
geworden, hängt noch heute in
unserer Wohnung. Dann gemeinsam
die Komödiantin Gardi Hutter
besucht. Schweizerisches Kabarett.
Wir haben so gelacht! Und dann ein
schweizerisches Käsefondue, wobei
jeder Erlebnisse mit Schweizern oder
aus der Schweiz erzählen sollte. Das
war total witzig. Und dann haben wir
nach einer Phantasiereise gemalt und
unsere Bilder vorgestellt. Mit sechs
Frauen uns gegenseitig mit Rosenöl
massiert und anschließend Sekt
getrunken. Und dann die Filmreihe.
Fime geschaut auf Video, „die
Schönen der Nacht" oder „Cinema

Paradiso". Ja, das war….. sehr unterhaltsam.

Der hellrote Overall

Der hellrote Overall ist aus Leinen.
Chic und doch lässig. Orangefarben
mit einem Hauch pink, Hellrot-pink-
orange. Passend zur schwarzen
Haarmähne. Ich trage ihn zum
Kindergarten Sommerfest, wo ich, mit
einem selbstgebackenen Kuchen
bewaffnet, meiner Mutterpflicht und
natürlich auch meiner Freude über die
gelungenen Bürschchen Genüge tue.
Ein Sonntags- nachmittags -Ausflug
zum Spielplatz in Planten un Blomen.
Am Sandkasten sitzend plaudere ich
mit einer anderen Mutter, die noch
den Schlabberlook bevorzugt. Ich
komme mir androgyn vor, ein Hüpfer
aus der Neutralität oder der Spezies
Muttertier heraus zum Flirt mit dem
männlich-weiblichen Outfit. Fotos
zeigen mich bei der Einschulung
meines älteren Sohnes, Till, 1992. Viele
bunte Schultüten, glückliche und
aufgeregte Eltern und mich als
Farbtupfer dazwischen. Die Hose 7/8
lang. Fällt aus meiner Garderobe

heraus. Ist mutiger und ein neuer Stil.
Im Tanzunterricht wage ich ebenfalls
etwas Neues. Ein ganzes Stück sollte
es sein, ein Tanztheaterstück. Ein
Märchen, der Froschkönig. Es stellt
sich heraus, dass ein Musikkollege die
Musik auf dem Computer
komponieren kann und auch bereit ist,
es zu tun. Ich gehe voller Freude an
die Bearbeitung, instinktsicher, so als
ob alles schon lange gespeichert ist in
meinem Hirn, dem Kreativpool und
Büchse der Pandora, nein, nicht
Unheil fließt heraus, sondern eine
Büchse, boîte, box, der Musen, der
guten Feen, öffnet sich und ist
unerschöpflich. Eine Szene nach der
anderen entsteht, aus
traumwandlerischer Sicherheit heraus.
Das Stück wird aufgeführt. Der
Schüler, der den Prinzen spielt – er ist
eingesprungen, weil der
ursprüngliche Darsteller nicht zur
Aufführung erschienen ist – findet die
Öffnung des Vorhangs nicht und
fummelt lange herum, bis er dann auf
die Bühne stolpert, gerade noch

rechtzeitig, bevor die Prinzessin sich möglicherweise einen anderen Frosch schnappt?

Die Bühne ist dämmerig, bläuliches Licht fällt auf eine dünne Plastikplane, die leicht bewegt wird und wie Wasser schimmert. Die Musik wiegt sich wie Wellen auf und ab. Darin erscheinen Wesen, die sich in Zeitlupe, langsam und wie schwimmend, bewegen. Die zweite Szene zeigt Prinzessinnen in weißen Kleidern, zarten Seidenröcken, die mit einem Ball spielen. Sie hüpfen und werfen sich den Ball zu. Der Ball verschwindet, die Prinzessinnen sitzen da und weinen. Quak, quak, erscheinen drei Frösche und tanzen vor den Prinzessinnen. Sie sind in Grün gekleidet und tragen Schwimmflossen und Taucherbrillen. Als sie ihren ungelenken Tanz beginnen, lacht das Publikum. Die Frösche verhandeln ohne Worte mit den Prinzessinnen, die Prinzessinnen bieten ihnen ihren Schmuck an und die Frösche schütteln den Kopf. Sie wollen mehr. Die Prinzessinnen

nicken ergeben, die Frösche holen den
Ball, die Prinzessinnen schnappen ihn
und laufen davon. Die Frösche
hüpfen, laut quakend, ratlos umher
und trollen sich schließlich. Sie
müssen wieder in ihren Brunnen
zurück, die Musik begleitet mit tief
brummenden Tönen ihren
misslungenen Annäherungsversuch.
Auftritt des Hofstaates mit Fanfaren,
zuletzt erscheint der König mit seiner
Tochter. Sie setzen sich hin und
schauen dem Hofstaat beim Menuett
zu. Die Paare schreiten Hand in Hand,
nach vorn, auseinander und wieder
zusammen. Dann wieder nach vorn,
das eine Paar rechts, das andere links.
Zum Schluss stellen sie sich in
Grüppchen zusammen und
unterhalten sich. Das Festmahl
beginnt, die Diener bringen das Essen.
Es klopft, ein Diener geht zur Tür,
schaut hinaus, tritt zum König und
flüstert ihm etwas ins Ohr. Der König
nickt, die Prinzessin guckt ängstlich,
als der Frosch hereinhüpft. Er baut
sich frech vor ihr und dem König auf.

Die Prinzessin möchte vor Scham verschwinden, aber der König hält sie mit strengem Blick zurück. Sie fasst den Frosch mit zwei Fingern und geht mit ihm hinaus. Im nächsten Bild möchte die Prinzessin sich auf ein großes Kissen legen. Der Frosch hüpft zu ihr. Sie springt auf und läuft ängstlich im Kreis herum, der Frosch hinterher. Dann bleibt sie stehen. Neues Bild. Musik Snap. Rasselnder Rap-Rhythmus. Drei Prinzessinnen stehen vorn und fangen an zu tanzen. Sie hüpfen kraftvoll zur Seite und machen schlagende Bewegungen mit den Armen. Sie steigern sich mit den Bewegungen in ihre Wut. Bei -I've got the power – bleiben sie stehen und werfen mit voller Wucht etwas Imaginäres gegen die Wand. Ein Knall ertönt, der sich auflöst in ein Geräusch, als ob etwas herunterrieselt. Eine Prinzessin ist noch auf der Bühne, vor ihr erscheint der Prinz. Sie stehen sich sekundenlang gegenüber, beide gehen ein paar Schritte zurück, dann wieder etwas nach vorn. Der

Prinz ergreift ihre Hand und sie fangen an zu tanzen. Rock'n Roll Schritte mit Drehungen. Der Hofstaat läuft auf die Bühne und alle zusammen tanzen eine Choreographie, die mit drei statuenhaften Bewegungen endet. Der Hofstaat verschwindet. Das Paar schaut sich an, fasst sich an den Händen, dreht um und schreitet langsam von der Bühne.

Gelb-Rot-Blau

Seit einiger Zeit, wir wohnen in Lurup, ist uns ein Au-Pair Mädchen sozusagen zugeflogen. Im Lehrerimmer fragt eine Kollegin: Braucht nicht jemand von euch ein Au Pair Mädchen? Ich höre mich sagen „Ja, Ich". Eine wundervolle junge Spanierin kommt zu uns, 24 Jahre alt, künstlerisch begabt, sehr freundlich, offen und patent, wie man früher zu sagen pflegte. Ich fühle mich enorm entlastet, wir können mal abends ausgehen, ich brauche mir keine Gedanken machen, wenn ich nachmittags Schule habe, habe Zeit für Theaterproben. Eine Idee ergreift von mir Besitz, alles geht wie von selbst, zwei Kollegen gesellen sich zu mir, sind ebenfalls begeistert, und wir proben ein Jahr lang mit einer freiwilligen Schülergruppe, zwischen 12 und 18 Jahre alt. Im Juni 93 dann die Premiere beim Festival „Theater macht Schule" Die Kollegin gestaltet das Bühnenbild, Elemente aus dem

Gemälde „Gelb-rot-blau" von Kandinsky, ein Kollege komponiert die Musik, damals schon mit dem Computer. Wunderbare Musik und ein traumhaftes Bühnenbild. Ich erfinde die Geschichte und erarbeite die Choreographien mit den Schülerinnen und Schülern. Sie sind sehr motiviert und begabt.

Premiere:
 Der Anfang mit dem blauen Tuch, das Erwachen. Die Bühne dunkel, dämmerig, das Blau des Tuches und die gelben und blauen Arme und Hände, die unter dem Tuch nach außen drängen und alles in Bewegung bringen. Der ruhige Anfang, bei dem alle Zeit haben, sich zu entwickeln, langsam, in unendlicher Zeit sich ausprobierend. Die Fühler ausstrecken, die Glieder bewegen sich, in ihrem Rhythmus entwickeln sie ihren Bewegungsspielraum. Dann heitere Musik, ein bisschen wie Nino Rota, Zirkusmusik, Amarcord, Musettewalzer, die gelben und blauen

Wesen kommen in Schlangen auf die Bühne und bewegen sich umeinander in Achten und Kreisen. Man möchte sich selig mitdrehen im Kreis, Bilder aus Filmen assoziieren sich, Zirkusfilme aus den Dreißigern, der wunderbare Film „Lili" mit Leslie Caron, die sich in den griesgrämigen Puppenspieler verliebt. Die Kinder werden müde und schlafen auf der Bühne ein. Gute Feen und Zauberer kommen in Rot und verteilen gute Gaben, Elemente aus dem Gemälde, die Musik einer Spieluhr vollendet das Bild. Sphärische Klänge vermitteln das Gefühl, dass Engel am Werk sind, Harmonie und alles Schöne und Gute für die heranwachsenden Wesen verströmen. Glockenschläge beenden die Szene. Die Bösen betreten mit rasanter Musik die Bühne, pulsierender Rhythmus, attraktive Gestalten mit markanten Bewegungen schaffen sich Raum. Schwarz gekleidet, verteilen sie die schwarzen Elemente und „bösen" Gaben und legen sie zu den „guten" Gaben. Miles

Davis-ähnliche Klänge beenden den Auftritt. Eltern und Kinder erscheinen auf der Bühne. Die Kinder fangen an, mit den „Gaben" zu spielen. Die Eltern verbieten ihnen, mit den bösen Gaben zu spielen, Gutes und Böses. In der nächsten Szene sitzen zwei Kinder auf der Bühne und fangen gierig an, mit den Stöcken und schwarzen Elementen des Bösen zu spielen. Sie streiten sich und kämpfen, beginnen, ihre Kräfte trotz des Verbots aus zu probieren. In der nächsten Szene, zu Boogie Woogie Musik, nähern sich die Geschlechter vorsichtig und hüpfen dann zusammen wild herum. Die Paare tanzen Boogie-Woogie mit Hebefiguren und Rock'n Roll Schritten, die anderen eine Art Reise nach Jerusalem. Es folgt eine Szene, in dem ein Schwarzer, ein Kämpfer, einem Kleinen das Fechten mit einem schwarzen Stab beibringt. Der Kleine übt und übt, das Training gleitet ins Spiel hinüber. Zwei Schwarze erscheinen und rappen, den Kandinsky Rap, Ausschnitte aus

Kandinskys Farbenlehre. Das Rot ist Energie, Blau die Farbe des Unendlichen, des Himmels. Im nächsten Bild stehen die Gelben und Blauen einander gegenüber und kämpfen miteinander. Ein Roter kommt und versammelt sie. Er zeigt ihnen den Weg zur Gestaltung von etwas Neuem, Gemeinsamen. Sie gestalten ein Bühnenbild mit den Gegenständen. Am Ende ruht das Auge des Betrachters auf dem Bild, das entstanden ist, Figuren und Gegenstände ergeben ein Ganzes. Szenenübergang. Zwei Kleine Gelbe und Blaue gruppieren die Gegenstände um den gelben Türrahmen herum. Es ist die Vorbereitung auf ein Fest. Zwei Paare erscheinen und schauen sich wohlwollend die Dekoration an. Ein Tango erklingt. Die beiden Paare tanzen Tango. Sekundenlang verharren sie in Posen, eng umschlungen, versunken. Die gelben und blauen Wesen tanzen um sie herum. Der Tango endet, die Paare

bilden Statuen im Dämmerlicht. Licht-
Musik-, der Reihe nach betreten die
Tänzer die Bühne und verbeugen sich.
Das Publikum klatscht. Blumen
werden überreicht und die Spielleiter
kommen auf die Bühne nebst
Beleuchtern. Danach stehen viele
herum, langsam leert sich der Saal.

Bibi und der Leoschal

Zeitlupe
1995, im März, ziehen wir um, in die
Bleickenallee nach Altona. Ich
bekomme eine Lungenentzündung
und bin erstmal für vier bis sechs
Wochen raus aus dem
Schulgeschehen. Jetzt wird alles
stressiger, wir haben keine Au-pair
Mädchen mehr, ich muss mich mehr
kümmern, vor allem um den
Haushalt. Wir haben jetzt ein
Wohnmobil und machen im Sommer
eine große Tour durch Frankreich.
Währenddessen stirbt meine Mutter,
86jährig. Meine Geschwister können
mich nicht erreichen in Frankreich,
also bin ich nicht bei der Beerdigung
dabei. Ich bin traurig, aber dankbar,
dass ich meine Mutter so lange erleben
durfte. Zum Schluss hat sie mich nicht
mehr so richtig erkannt, war aber noch
fröhlich, manchmal. Als ich mich, so
ein halbes Jahr vor ihrem Tod, im
Pflegeheim von ihr verabschieden

will, sagt sie:

„Du musst aber Bescheid sagen, dass wir jetzt nach Hause gehen." Als ich sie zurücklassen muss, bricht mir ihr erschrockener Blick fast das Herz. Nun ist sie gestorben und begraben, ein neues Schuljahr beginnt, ich bin 48 Jahre alt.

Den Leoschal, also einen Schal, der mit Leopardenmuster bedruckt ist – relativ dezent in grau und anthrazit gehalten, trag ich, als meine Mutterrolle mir zuviel wird. Wenn ich Fotos sehe, sehe ich manchmal, nicht immer, muss ich zu meiner Ehrenrettung sagen, aus wie ein Muttchen zwischen vierzig und fünfzig. Nicht immer, aber immer öfter. Ist mir gar nicht bewusst. Ich sehe auch erschöpft aus und gestresst. Also ist der Leoschal dringend nötig, um innerhalb meiner kreativen Projekte so etwas wie wildes Aussehen hervor zu zaubern. Nützt nicht so sehr viel, die Biederkeit kommt auch so durch. Aber mein kreatives Image rettet mich. Seit „Gelb-Rot-Blau" habe ich nun endlich mein künstlerisches Image an der Schule weg. Damit ist allerdings der Zenith überschritten. Also lebe ich mittels eines adretten Schals wild und gefährlich. Ich trage ihn z.B., wenn ich eine Theateraufführung meiner Schüler ansage. Der langweilige Pullover und die unauffällige Hose kriegen dann den Geruch von „Lebe wild und gefährlich", zumindest in der pädagogischen Theaterarbeit. Ich experimentiere immer noch, inszeniere eine Lesung zum Buch „Bibi" von Karin Michaelis im Winter 1995. Die Schüler lesen eine Stelle vor, in der Bibi in Lebensgefahr gerät. Sie sammelt Lebensgefahren. Mit einem kleinen Boot rudert sie eines Abends auf das Meer und findet nicht mehr zurück, bis ein Schiff sie aufsammelt. Ein Mädchen spielte Bibi und illustriert die Szene mit vergrößerten Zeichnungen aus dem Buch.

Wolfordstrümpfe und Bodies

Also der Leoschal hat sich gerächt.
Nur ein bisschen wild ist wie ein
bisschen schwanger, das gibt's nicht.
Die Rache? Welche Rache? Na, die
Krise. Ich gehe auf die fünfzig zu,
immerhin, und steuere gnadenlos und
ungebremst in die Krise. Kinder
werden größer, gehen zur Schule,
spielen Fußball und Tennis, Klavier,
verabreden sich mit Freunden und
Freundinnen. Und ich mach Kultur,
ein bisschen Kultur. Meine Beziehung
gerät in extreme Schieflage. Und jetzt?
Ich stürze mich in den Kaufrausch:
Strümpfe, Bodies. Alles muss von
Wolford sein. Das soll jetzt keine
Werbung sein, aber bei mir ging nichts
anderes. Zuerst eine wunderbar
weiche schwarze Strumpfhose, dann
noch eine hauchzarte, schwarz-
gestreifte, und halterlose Strümpfe mit
einer Spitzenborte als Abschluss.
Schön und ein bisschen verrucht.
Schon wieder ein bisschen. Wir fahren
in den Skiurlaub nach Österreich und

ich mache einen Abstecher nach
Bregenz, um in der Fabrik die
schönsten Stücke für den halben Preis
zu erstehen. Elegant , lässig und schön
soll es sein. Ich habe dann
Schwierigkeiten, die schönen Stücke
zu kombinieren, dazu muss man
eigentlich schicke Blazer tragen oder
kurze Jacken. Schick sah es aus, ist
aber nicht so super bequem. Am
schönsten finde ich die Shirts, die
durchsichtige Streifen über dem
Decollete haben. Einem Body mit
langen Ärmeln und grau-schwarz –
geometrischem Muster folgt ein Shirt,
dunkelrot, mit durchsichtigen Streifen
oberhalb der Brust. Dann noch ein
ärmelloses hellgraues Shirt mit
Wasserfallkragen aus einer wunderbar
weichen Viscose-Mischung. Im
gleichen Schnitt und Stoff habe ich
noch ein Kleid erstanden, hellbeige.
Der weiche, fließende Stoff verursacht
ein wunderbares Körpergefühl. Also
eine glatte Verjüngungskur. In dem
Buch „Großmama erzählt" von Irene
Dische fängt die Großmutter mit

achtzig an, plötzlich abzunehmen und sich schicke Kleider anzuziehen und daran Spaß zu haben. Bei mir halt schon mit fünfzig. Wie ein Rausch. Natürlich hätte ich mich auch in einen Zwanzigjährigen verlieben können, das hat ja manchmal für ältere Männer den gleichen Effekt, also sich in eine Frau im Alter ihrer Tochter zu verlieben. Ich beschränke mich auf meine Bodies und Strümpfe, so als zweite Haut.

Das ist schwer, mir geht's so merkwürdig. Völlig überdreht, Wechseljahre. Hätte ich nicht gedacht, dass es da so eine Krise gibt. Aber es ist die totale Höllenfahrt. Schrecken zwischen Skylla und Charybdis. Mein Partner hat eine Affaire. Die Beziehung ging schon länger nicht mehr gut, trotzdem bin ich total geschockt. Was soll jetzt aus mir werden? Wohin ist meine Selbstständigkeit verschwunden? Hin und weg! Ich bin ja nicht mehr dreißig und hab Kinder.

In der Schule versuche ich durchzukommen. Arbeite sogar wieder an einem größeren Projekt, mit einer Theaterpädagogin zusammen. Die Linie 1, das Musical, soll es sein, mit meiner ganzen Klasse. Ein waghalsiges Unterfangen. Ich probe mit den Schülern, es geht kaum voran, sie lernen die Texte nicht, machen Blödsinn, wenn sie gerade nicht dran sind. Identitätsirrsinn. Ich mache mir kaum Gedanken über mich selbst, bin verzweifelt, fühle mich allein gelassen, kein bisschen Gefühl von Freiheit, nachdem ich mich, muss ich gestehen, gerade die Jahre vorher gesehnt habe. Ich sehne mich nach Veränderung, Liebe, Harmonie, Glück. Es hat sich einiges angesammelt an Wunsch nach Veränderungen, aber jetzt ist die Sehnsucht weg. Schrecken, Verdrängung und Durchhalten sind die alltäglichen Begleiter. Und, die neuen Klamotten, zarte Haut, zweite zarte Haut. Ich lese das Buch „Ins Ohr" von Evelyn Grill.und fühle mich ein bisschen verstanden. Getröstet.

Eine Frau , fünfzig, ihr Mann trennt sich ganz plötzlich von ihr und sie steht da und hat noch nicht einmal einen Beruf. Dann wird es sehr turbulent in ihrem Leben, es wird sehr lustig, aber auch nichts beschönigt. Ich schwanke zwischen Peinlichkeit , Pein, Humor und Aufbruchsgefühl, anders als in der Pubertät. Frau bin ich ja nun schon lange, auch Mutter, das hab ich alles hinter mir und was liegt vor mir? Das Leben, den Lebensabschnitt, einen neuen Lebensabschnitt, wie man allerorts so schön sagt. Turbulenzen, soll man sich da festschnallen oder eher ausprobieren, wie balancieren geht? Und von einer Eisscholle zur nächsten hüpfen, es geht ja nur voran. Aber wohin? In die Einsamkeit? Das Alter? Davon merke ich allerdings nichts, von der Einsamkeit, hab ja auch noch zwei Kinder, die zwölf und zehn Jahre alt sind, Freundinnen, Arbeit, und, eine Zukunft.

Blauer Leinenwickelrock und Bluse

Der Blaue Leinenwickelrock ist ein Sommerrock. Knallblau, die hellblaue Bluse habe ich von Freundinnen zum Geburtstag geschenkt bekommen. Zum Nähen bin ich schon lange nicht mehr gekommen. Meine Wolford-Phase ist vorbei, jetzt pflege ich wieder einen eher unauffälligen Stil. Wir, mein Partner und ich, haben, nach einem dreiviertel Jahr Trennung, einen zweiten Anlauf gestartet. Während der Trennung startete ich einige Projekte, habe neue Energien. Fühlte mich dennoch nicht wohl mit der Familiensituation.

Auf Fotos sehe wieder eher brav aus. Im Sommer geht's nach Spanien. Wir sind in eine Wohnungstauschbörse eingetreten und wollen nun, alle vier, zum ersten Mal unsere Wohnung mit einer spanischen Familie tauschen, in ein Appartement ans Meer, an die Costa Blanca. Meinen Leinenwickelrock mit Bluse führe ich durch Valencia spazieren, durch

Barcelona und an der Costa Brava.
In Barcelona bummele ich durch die
Straßen . Ich will mir Schuhe kaufen.
Ich finde ein paar schwarze,
geflochtene Sommerschuhe mit
gemäßigter Plateausohle und nehme
die flachen Sandalen mit einem breiten
Stretchband über dem Spann gleich
noch mit. Glücklich und zufrieden
treffe ich meine Männer. Alle vier
schlendern wir die Ramblas entlang
und beobachten Spanier, die „este,
este" und"este" spielen, so nennen wir
das. Ein Geschicklichkeitsspiel, bei
dem man Geld einsetzt und eine
Münze oder einen Gegenstand
verfolgen muss, der ständig den Platz
wechselt. Um die Spieler bilden sich
große Trauben von Touristen. Sie
bilden sich ein, dass sie die Münze mit
den Augen verfolgen können, aber die
Spanier sind so geschickt, dass es
sozusagen unmöglich ist.
Unaufhörlich reden sie auf die
Mitspieler ein, laut und
temperamentvoll, um ihre
Konzentration zu stören. Auf den

Ramblas, den breiten Alleen inmitten von Barcelona, ist viel los. Man flaniert, sitzt im Café oder hört und schaut sich die Musiker, Artisten, Verkäufer von Spielzeug und allerlei Schnickschnack an. Abends gehen wir ans Meer und sehen den riesigen Vollmond aufgehen. Wir wandern am Strand entlang. In einer Bar hören wir Musik. Wir fragen nach, es ist Gaetano Veloso, der da singt, aus Brasilien. Wir setzen uns an einen Tisch nach draußen, bestellen etwas zu essen und genießen die Abendstimmung. Auf dem Rückweg geraten wir in ein düsteres Viertel, die Altstadt. Uns wird unheimlich, kein Mensch ist auf der kaum beleuchteten Straße. Und das mitten in der Stadt, direkt neben dem Touristenrummel. Ich suche etwas, was ich im Reiseführer gelesen habe, irgendeine Sehenswürdigkeit, doch wir verirren uns immer mehr im Gewirr der Straßen, fürchten uns und stellen uns vor, dass gleich jemand um die Ecke kommt und mit vorgehaltenem Messer Portemonnaie und Handy fordert. Aber alles geht gut und wir erreichen aufatmend die hell erleuchteten Boulevards.

Am nächsten Tag wandern wir weiter. Gaudi ist uns ein Gaudi, die Kinder jubeln über die Architektur.

Auf der Küstenstraße genießen wir den Ausblick auf das Meer. So knallblau ist es. Ich erinnere mich an die Sechziger, als ich Au Pair Mädchen an der Côte d'Azur war. Die Jungs bekommen nichts mit von der herrlichen Landschaft, sie meckern rum, sind unzufrieden und streiten sich. Als wir im Ort ankommen, bin ich erfreut über die schöne Architektur. Kleine Häuschen schmiegen sich an Felsen. Es gibt kleine felsige Buchten. Keine Touristenburgen zu sehen. Kann das sein? Gibt es das noch an der Costa Brava? Lloret de Mar liegt um die Ecke, aber weit genug weg. Das Hotel hoch über dem Felsenstrand. Es sieht aus wie ein spanisches Schlösschen mit Türmchen und Erkern. Die Adresse hab ich aus der „Brigitte".

Von unserem Urlaubsort telefoniere ich per Handy, um Zimmer zu buchen. Wir haben Glück und buchen eine Übernachtung. Ich bin stolz, dass ich mal eben so per Handy, aus unserer Wohnung heraus, telefonieren kann. Keine umständliche Suche nach Telefonzellen oder in Bars gehen , fragen, wo man telefonieren kann. Dann hat man keine passenden Münzen oder schafft es nicht, so schnell nach zu werfen usw. Alles super einfach. Auf dem Bett liegen, Brigitte lesen und schnell mal anrufen, ob Zimmer frei sind.

Die schwarze, gerippte Strickjacke

Die schwarze, gerippte Strickjacke ist im Stil der 50er Jahre gearbeitet. Quergerippt, mit V-Ausschnitt, kragenlos. Ich habe schon vorher eine Jacke dieser Art besessen, in altrosa, eines meiner Lieblingsstücke. Sie ist dann irgendwann verschlissen, bzw durch Waschen verfilzt. Ich finde als Nachfolgerin eben die schwarze Jacke gleichen Schnittes, sozusagen die Schwester der Rosafarbenen. Nicht frech und auch nicht brav. 50er Jahre, komisch, dass dieser Stil so einen Reiz für mich hat. Da steckt Eleganz drin:, Rippenstrick finde ich einfach schön, nostalgisch, lässig, chic. Zu jeder Gelegenheit tragbar. Der Sommerurlaub 99 führt uns nach England. Petrus ist mehr als gnädig und schickt 4 Wochen lang bestes Sommerwetter. Die Strickjacke trage ich abends, auf dem Campingplatz in Wales, beim Spaziergang durch Städte, in der Lounge eines traumhaft schönen Guesthouse in Schottland,

beim Bummel durch London und bei der open- air- Rückenmassage in Soho. Leider hab ich sie dann in einem Londoner Hotel liegen lassen.
Aber sie dient als „roter Faden", na, schwarzer Faden. Rippenstrick hat eine Kontinuität in meinem Leben. Pullis, Jacken, manchmal stricke ich auch selbst, ich liebe dieses Muster und sie bedeutet mir etwas. Etwas Schwungvolles, leichtes, erinnert an schwungvolle Röcke mit petticoats, sexy Rollkragenpullis, Teeniealter, flott, modern, neu. Nach vorn bringend. Mit Rippenstrick fühle ich mich irgendwie dynamisch.

Im Schauspielhaus in Hamburg wird der Liederabend „Sekretärinnen" gegeben. Gehört hab ich schon viel davon. Also sitze ich gespannt da. Frauen sitzen an Schreibmaschinen und erzeugen mit dem Schreiben einen Rhythmus. Durch das Klingeln des Hebels, der eine neue Zeile einleitet, bekommt er etwas Schwungvolles.

Tatatatatatatatatatatatata Pling!
Tatatatatatatatatatatata Pling!
Tatatatatatatatatatatata Pling!
Tatatatatatatatatatatata Pling!
.Eine Frau nach der Anderen trägt ihr
Lied vor, jede spielt eine andere Rolle.
Da geht es um Liebe, Affären,
verlassen werden. Viele bekannte
Songs aus der Rock- und Pop und
Schlagergeschichte und auch
klassische und Volkslieder werden
vorgetragen. Bei „für mich soll's rote
Rosen regnen" bin ich total gerührt. So
hat Hildegard Knef es nicht
interpretiert. Die Frau, die das Lied
vorträgt, ist eher eine Schüchterne,
Zurückhaltende, eingezwängt in
Muster oder in ihr Leben, noch jung,
und es bricht nicht plötzlich aus ihr
heraus, nein, es entwickelt sich, ganz
stark, intensiv und die Stimme wird
immer stärker und klarer und heller
und freier. Großer Applaus. Die Szene,
in dem ein bescheidener Putzmann
zum Latin Lover wird, dem alle
Frauen zu Füßen liegen, setzt dem
Stück die Krone auf. Er schmettert ein

Lied von Eros Ramazotti „se bastasse una bella canzone" Tosender und brüllender und mit lautem Gelächter gemischter Applaus. Es ist passiert! Etwas hat mich ergriffen, berührt, aber eher gepackt, am Wickel. Ich entscheide noch beim Hinausgehen, dass ich singen lernen will. Mit diesem Wunsch laufe ich schwanger, aber das Kind ist überfällig. Eines Tages gehe ich mit Fritz, meinem Jüngsten, an der Elbe spazieren und finde irgendwo einen Schnipsel mit einer Telefonnummer darauf. Ich rufe an, die Stimme der jungen Frau, sie ist 26 Jahre alt, wie ich später erfahre, ist mir gleich sehr sympathisch. Nach der ersten Gesangsstunde weiß ich: Das ist es! Die ist es!

Stoffe, Stoffe, Etoffe und Tessuti

Das Sabbatjahr, 2000, bricht an und etwas aus mir heraus. Ich setze mich morgens, vor dem Frühstück und noch nicht angezogen, an den Computer und bastele meine Website.Es hat mich gepackt. Mit einfachsten Programmen fange ich an, Texte zusammen zu stellen und Bilder einzufügen. Wie macht man einen Link?
So super einfach, Adresse kopieren und unter „Bearbeiten, Hyperlink" einfügen. Jetzt Texte neben Bilder setzen, Bilder auf die richtige Größe bringen und und . Und. Es sieht alles so schön bunt aus. Dieser Zauberkasten. Ich starte ein Projekt, bei dem ich unsere alten WG-Mitglieder aus Freiburg interviewe. Nach Freiburg fahren, in die Küche setzen, essen, Wein trinken, über alte Zeiten reden, das Mikrophon in der Mitte. Wieder zu Hause, alles abtippen, nächstes Interview

vorbereiten. Daneben, singen, singen, singen. Ich finde eine Partnerin und einen Pianisten. Wir treten zu dritt auf. Zu Hause, bei Festen, Geburtstagen, etc. Dann bekomme ich wieder Mut zum Nähen

Ich habe schon vorher angefangen, nach Schnitten einer ehemaligen Mitbewohnerin aus Freiburger Zeiten, die mehrere hochkarätige Stoffläden eröffnet hat, zu nähen. Ich brauche viel Mut dazu, das Nähen für mich selbst ist lange Zeit aus meinem Leben verschwunden. Und jetzt diese teuren, kostbaren Stoffe!! Es klappt. Ein Pulli aus anthrazitfarbenem Bouclé, eine wollene grau – karierte Hose und der grün schimmernde Kummerbund. Kummerbund! Das sind breite Streifen um die Taille, um farbliche Akzente zu setzen und Jahresringe zu verbergen. Dann noch einen Streifen aus dem gleichen grün schimmernden Stoff als Halsband. Weite Hose, Pullover, Bund, Halsband ergibt die erste Kombination. Dann die Zweite. Dunkelroter enger und kurzer

Bouclépullover mit V- Ausschnitt, dunkelrot karierte weite Mohairhose, dunkelrotes seidenglänzendes und stretchiges Kummerbund, dazu ein Halsband aus dem gleichen Stoff. Diese beiden Kombinationen hab ich lange getragen, sie sind alltagstauglich und chic. Zur Schule, ins Café, zum Einkaufen, ich fühle mich wieder ein bisschen wie früher, stolz, einzigartig.Dann folgen kurze, taillierte Jacken. Eine hellbraune Jacke mit applizierten Stoffrosen, eine lindgrüne Seidenjacke, eine dunkelrote Jacke aus gecrashtem Stoff, dazu ein miniplissierter langer Rock à la Issey Miyake, ein plissierter Rucksack. Jetzt setzt eine neue, qualitativ völlig veränderte Serie ein. Ein bisschen vergleichbar der Teenie – Zeit. Morgens verbringe ich viel Zeit vor dem Computer, um meine Website zu gestalten. Digitales Fieber bricht aus. Texte, Bilder einfügen, Hintergründe, auf den Server schicken, ich kann gar nicht aufhören. Zwischendurch reise ich nach

Freiburg, um alte MitbewohnerInnen der WG in den Siebzigern zu interviewen, Gespräche in der Küche über alte Zeiten.

Aufgeregt laufe ich im Stoffladen hin und her. Die Stoffe sehen so kostbar aus, was habe ich vor? Eine Hose, einen Pulli und einen passenden Kummerbund. Meine Freundin berät mich, selbstverständlich, die Schnitte sind ganz einfach. Also ran, zuschneiden und die Begeisterung trägt mich auf Flügeln nach Hause. Tut ganz gut, mit realem Stoff zu tun zu haben und nicht nur im virtuellen Worldwideweb herumzubasteln. Aber auch das macht einen riesigen Spaß. Es erinnert an alte Bastelzeiten. Und wenn dann etwas auf dem Server gelandet ist und in all seiner Schönheit vom Bildschirm blinkt! Welch ein Glückshormon ist das wieder? Das ich- hab- etwas- gebastelt- und- es –sieht- auch- noch-toll -aus -Serotonin. Oh, schon ein Uhr. Gleich kommen die Jungs nach Hause und wollen ihr

Mittagessen. Ich erwache aus meinem Bastelrausch. Ja, genau, jetzt wieder mal etwas Sinnliches, Essen zubereiten, Salat schleudern, Salatsoße, Tisch decken. Na, wie war's in der Schule? Schule? Da war doch noch was? Ich bin meine eigene Schule, Lehrerin, Autodidaktin, da brauch ich keine Pädagogin, keine Didaktik, alles geht von alleine, schüttet Glücksgefühle aus einem riesigen Füllhorn, der umfunktionierten Büchse der Pandora. Es ist nicht alles nur einfach, nein, bewahre, Probleme müssen gelöst werden, die Hose sitzt noch nicht, der Pulloverausschnitt sieht nicht aus, aber es lässt sich ändern. Probleme sind Aufgaben, keine Hindernisse. Sie bündeln meine Energie und treiben mich voran. Wo kommt das alles her? Ist das die deutsches Mädel Raupe, die da voran kriecht? Nee, da fegt ein stetiger digitaler Wind von welcher Seite? Die Raupe kriegt Flügel und macht Flugversuche. Flatter, flatter, aufsetzen, wieder flattern, ein wenig länger schon. Die Mädelraupe wächst und wächst und bekommt winzige farbenprächtige Flatterflügel.

Crash

Gecrashte Stoffe bauschen sich im Laden, bunte, einfarbige. Ich nähe mir hauchdünne Jacken, einen hellblauen Rock. Es gibt noch einen anderen Crash, meine Trennung, Klappe, die Zweite. Sozusagen eine gute und eine schlechte Nachricht. Nach dem zweiten Versuch ist nach drei Jahren die Luft raus. Ich will nicht mehr, mein Mann auch nicht. Ein neuer Lebensabschnitt beginnt, gleichzeitig werden die Jungs größer, sind in der Pubertät. Der Abschied vom engen Familienleben beginnt, langsam, sehr langsam, aber auch plötzlich, durch die Trennung. Einen Anlauf vor drei Jahren hatte ich schon, jetzt setze ich ihn fort. Und noch etwas, eine neue Schule. Nach dem Sabbatjahr muss ich die Schule wechseln. Das kommt vor. Mir ist es recht. Also, auf ein Neues! Ich wage mich an eigene Lieder, das erste, zweite, dritte, verdränge, stürze mich in Arbeit, in Neues. Trennung,

Abschied. Meine einzige Schwester ist vor zwei Jahren nach langer Kebserkrankung gestorben. Mein Bruder Gerd, wurde 98 vom Krebs überrascht. Prostata. Die Operation, zu spät. Mit Medikamenten wird er noch fünf Jahre überleben. Zu viele Schocks in ein paar Jahren, und jetzt, 2002, marschier ich langsam aber sicher auf die Sechzig zu.

Und geh noch mal auf Start. Leiste mir erst einmal eine Affäre, kurz, aber sonnig. Balsam für die Seele. Und ackere mich durch das Buch „Der Weg des Künstlers" von Julia Cameron. Das gibt mir Kraft und viel Geduld. Ein Jahr lang verreise ich nicht, sondern beschäftige mich mit schreiben, schreiben, schreiben, und singen. Und fange an, mir per alter ego, ega, gut zu zureden. Ich möbele mich sozusagen auf. Morgenseiten Bücher türmen sich .

Etwas verklemmt sitze ich hier im Café, habe hastig meinen Apfelkuchen mit Sahne gegessen, schlürfe den Milchkaffee. Als ob ich nicht so recht meine Daseinsberechtigung spüre, nachmittags allein im Café, eine 55jährige Frau. Attraktiv, modisch, witzig, elegant gekleidet, könnte als 45jährige durchgehen. Im Vollbesitz meiner geistigen und körperlichen Kräfte, im beruflichen Leben stehend, zwei halbwüchsige, bzw. schon recht ausgewachsene junge Männer zu Hause. „Du bist eine tolle Frau" sagt Hans mir dauernd, ein Freund. Und? Wie fühle ich mich? Gar nicht toll als Getrennte, Alleinerziehende? Was sind das alles für festgelegte Wörter, die ich da aufschreibe. Viele sitzen hier allein, auch Männer in meinem Alter, Jüngere, aber alle irgendwie ihrer Bedeutung bewusster, entschlossener, entspannter.

Und wer sagt mir dauernd, dass auch ich eine Bedeutung habe? Ich könnte jemanden einstellen zum fulltime-Job spiegeln meiner positiven Eigenschaften. Aber deswegen werden sie nicht mehr und auch nicht weniger.

Komische Zeit. Die nächsten Tage will ich nähen, endlich die graue Seidenjacke und den rosafarbenen Rock, den Stoff, den ich aus Ruths Stoffladen noch liegen habe.

Katharina: Mir fällt der Film von gestern Abend im Fernsehen ein. „Martha" von Fassbinder, mit Karlheinz Böhm als sadistisch – normalem Ehemann. Faszinierend. Ein Ehemann, der seine Frau einsperren und ganz für sich haben möchte, der ihr seelischen und körperlichen Schmerz zufügt. Dann wieder Liebeserklärungen. Zwangskorsett für Liebe und Zuwendung im Sparformat. Gegenseitige Abhängigkeit, Macht-Ohnmacht-Beziehung.

Geht das auch anders? Gute Frage, muss ich aber leider vertagen.

Die Klamotten aus dem Zauberkasten

Es ist zäh, sich zu erinnern, manchmal.
Ich will nicht.
Und warum nicht? Ja, das ist die
Frage. Ich sitze hier, jetzt, 2008, höre
„Je veux tout" von Ariane Moffat und
bin total zufrieden mit meinen neuen
französischen Myspace-Freundinnen,
Cyberfreundinnen. Je veux tout, toi et
les autres aussi. Ich will alles, dich und
die anderen auch, die Weisheit und die
Anarchie, dein Lächeln und deinen
Arsch. So eine Entdeckung, diese
Lieder! Wollte ich jemals alles, auch
wenn Gitte es lautstark gesungen hat?
Nee, eigentlich nicht. Hab aber eine
ganze Menge bekommen, schon.
Einen interessanten Job, jetzt über
dreißig Jahre lang, zwei entzückende,
liebenswürdige, talentierte Jungs, ein
paar Männer, freundliche Freunde und
Freundinnen, und jetzt, die Erfüllung
meiner Wünsche, selbst gestalten,
Musik, schreiben…, Gesundheit.. was
kann ich sonst noch wollen, Erfolg?
Reichtum? Eigentlich habe ich schon

unverschämt viel Glück gehabt, oder? Also, nach dem Morgenseitenjahr 2003 kommt der Hype, 2005, ich entdecke den Zauberkasten Computer neu, Ebay, und lese alle Bücher von Elizabeth Wurtzel, der amerikanischen, depressiven, drogenabhängigen Erfolgsautorin der Bücher „Bitch" in favour of dangerous women, den Schlampen-Knigge, Prozac Nation und „More, now, again". Ich verschlinge sie, sie werden wie eine Droge für mich mit der letztendlich ernüchternden Erkenntnis, dass so ein Leben selbstzerstörerisch ist und von langen Perioden quälender Entzugserscheinungen begleitet wird. Dennoch, die Art zu schreiben finde ich großartig, faszinierend. Im „Schlampenknigge" stehen so erhellende Stellen wie folgende: „Erwarten Sie nicht von irgendeinem Mann, dass er Sie rettet. Hocken Sie nicht zu Hause und denken, dass alles in Ordnung wäre, wenn Sie nur einen Partner hätten, der Ihnen die

Kummertränen wegwischt und ein Taschentuch vor die Nase hält, wenn Sie sich schnäuzen. Denn so läuft das leider nicht. Es läuft so, dass der tolle Traummann erst dann auftaucht, wenn endlich alles in Ordnung ist, wenn Sie den zarten Garten Ihres Lebens auf Vordermann gebracht haben. (Mit *in Ordnung* meine ich nicht vollkommen – das können Sie vergessen, seien Sie zufrieden, wenn es Ihnen einigermaßen gut geht.) Und eigentlich ist das auch gut so, denn wenn Sie gerade in den Seilen hängen, ist ein Mann das Letzte, was Sie gebrauchen können."(Schlampenknigge, S. 52) Da stehen also am laufenden Band so entzückende Weisheiten, die einen erleichtert aufatmen lassen, denn sie lassen erkennen, dass es im Wesentlichen auf eines ankommt, nämlich auf mich selbst als meine tatkräftige Unterstützung. Ja, meine alte Ega, nee, nicht alt, sondern nur anders. Eben nicht in den Seilen hängend, sondern munter, vertrauensvoll, aufmerksam und neugierig.

Zwischendurch wieder der Zauberkasten. Jede Menge Klamotten hol ich da raus, Markensachen, schön und farbig, gut sitzend, elegant, chic, manchmal auch ein Fehlgriff. Lerne, nicht vorzeitig zu bieten, sondern nur in den letzten Sekunden. Schnapp, weg!! Jagdfieber ist eigentlich männlich, aber es gibt ja auch Diana, die Göttin der Jagd. Also, liebe Diana, lass dich nicht von den Schlagerfuzzis abmurksen, aus Eifersucht, wie Tom Jones, Peter Kraus und wie sie alle heißen. Nee, keine Zeit, geh auf die Jagd. Schnäppchen kommt von schnappen, virtuelles Schnappen, den Finger auf der Maus, Wecker daneben, 15 Sekunden vor Schluss, Finger am Abzug, der richtige Moment, das Wild liegt am Boden: Herzlichen Glückwunsch, Sie haben die Auktion gewonnen. Jawoll!! Stolzgeschwellt verlasse ich meinen Computer und trinke erstmal ein Schorle. Dann kommen die Pakete, so billig kann ich die Sachen nicht nähen, nee, aber irgendwann reicht's mal wieder mit dem Virtuellen, dann hab ich wieder Sehnsucht nach dem Stofflichen, dass von der Idee bis zum Stoffkauf und über den Prozess des Werdens durch meine Hände und meine Vorstellung fließt.

Und noch mal Lizzy Wurtzel: Zwei oder drei Bestseller geschrieben, das wollen viele lesen, offensichtlich, was sie über „böse" Frauen schreibt, böse Mädchen, die überall hinkommen, wie der Spruch sagt, „Brave Mädchen kommen in den Himmel, böse überall hin", nein, diese „dangerous women „ scheitern oder werden ermordet, wie die Geliebte oder Ex von O.J. Simpson, Nicole soundso. Elizabeth Wurtzel analysiert, dass sie, die Ex-Frau, ahnt, dass es bös enden wird, aber nicht von ihrem Ex lassen kann, und es passiert öfter, dass er jähzornig reagiert. Sie erkennt die Gefahr nicht, und dann bringt er sie eben um. Oder so. Er wird ja frei gesprochen, also darf man das nicht sagen. Aber es steht da so bei der Wurtzel. Und sie selbst? Beschreibt ihren Werdegang , ihren depressiven, in Prozac Nation. Es beginnt in der Pubertät, sie ritzt sich und macht solch ähnliche Sachen, wächst bei ihrer Mutter auf, die Eltern leben getrennt. Wenn sie beim Vater ist, schläft er meistens und setzt sie vor den Fernseher. Der Vater ist also auch depressiv. Ja, haltlos, kann man das sagen? Die Mutter schlägt sich alleinerziehend durch, Lizzy ist super in der Schule, macht einen hervorragenden Abschluss und landet sogar in Harvard, ist also offensichtlich ehrgeizig trotz allem. Dann geht es los mit Drogen, Medikamenten, die zu Drogen werden. Dann wird sie Bestseller Autorin durch „Prozac Nation" schreibt ihr nächstes Buch unter dem Einfluss von Kokain, also „Bitch". Das erfährt man dann im darauffolgenden Buch. „More, now, again" In dem sie ihre Kokainabhängigkeit während des Schreibens beschreibt. Auch ein Entzugs-Versuch in einer Klinik, der

aber von einem Rückfall gefolgt wird.
Das Buch „Bitch", finde ich, hat so
etwas Rastloses, nicht zuende
durchdacht, etwas hektisch, auf der
Jagd, nicht wirklich schlüssig oder
konsequent. Trotzdem verschlinge ich
die Bücher, wie eine Droge? Oder
„Guck mal, so schlimm kann man
draufkommen, was bist du doch gut,
du hast deine Depressionen besser im
Griff. Elizabeth Wurtzel ist Mitte
Zwanzig und in ihrem letzten Buch
wird sie vierzig? Also, dieses Alter
hab ich ja längst überwunden und so
sehr abgestürzt bin ich nicht. Spielt da
auch das Geld eine Rolle? Für so viel
Kokainkonsum muss man ja auch das
nötige „Klein"geld haben. Sie
schwimmt offensichtlich im Geld.
Jedenfalls nach ihrem Erfolg „Prozac
Nation."
Also, immerhin habe ich es bis fast
sechzig geschafft ohne große Drogen,
Alkohol oder ähnliche
Selbstzerstörungs – Rituale.
Inszenierungen. Sich fallen lassen.
Klingt eigentlich nach Entspannung.

Ist es aber nicht. Halt-los, ohne Halt.
Ich halte dich, lass dich ruhig fallen.
Nee, da hält eben niemand, sondern es
geht bergab, nicht wie Alice im
Wonderland, sondern ein allmählicher,
gewohnheitsmäßiger, schleichender,
langsamer Absturz in die Tiefe, in den
Brunnen.
Je tiefer du fällst, desto mühsamer der
Aufstieg.
Hat Lizzie Wurtzel es geschafft? Ich
hab lange nichts mehr von ihr gehört,
hab manchmal im Internet gegoogelt,
aber keine Neuigkeiten gefunden.
Meine Schwägerin sagt: Kreativität
kann heilen, Phantasie auch.